JN034147

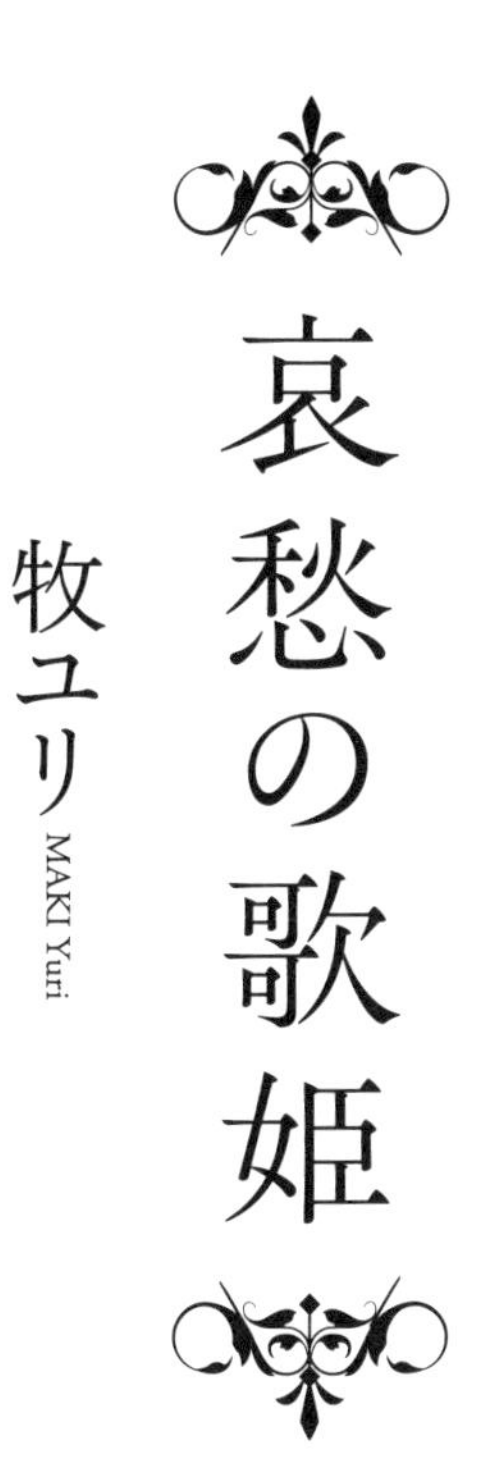

哀愁の歌姫

牧ユリ

MAKI Yuri

文芸社

綺麗な空気に包まれた牧場で
気高き一輪の百合となり
ずっと咲き続けたい……

哀愁の歌姫　目次

第二章　悲しみの砂漠にて

第三章　遥かなる道の先には――82

第二部　悪行の罠

プロローグ——人生は線路の如く

子どもの頃に住んでいた家は、建物のすぐ脇に電車の線路があって、毎日、朝から晩までガタゴトと電車の車輪の音が聞こえていました。

そんな環境で育ったせいでしょうか、私の人生もまた、まるで長い長い電車旅のように思います。

あるときは目標の場所に辿り着く前に途中下車をしてしまったり、あるときは急ブレーキを踏まれて脱線してしまったりと、予想外の出来事やうまくいかないことが数多くありました。

人生の最初の分岐点は、私がまだ十代の頃にさかのぼります。まぶしいほどに輝く光に吸い寄せられて足を踏み入れたのは、これまで知らなかった華やかな大人の世界でした。

未熟で世間知らずだった私は、取り巻く人々の甘い言葉を疑うことを知らず、未来への果てしない夢を見ました。

夢——それは大好きな歌をたくさんの人に聴いてもらい、人々に感動を与えられる歌手になること。

歌がきっと私を、まだ見ぬ世界へ連れて行ってくれるのだと信じていました。

そうして勇気を出して飛び移ったのは東京へと向かう未来列車。でも、その列車の行く先は、思い描いた世界とは異なるものでした。

私は自分に問いかけました。

このままこの線路を走る列車に乗り続けていいの？

他人に敷かれたレールを走るだけの人生でいいの？

いつだって人生は迷い道です。迷いながらも、自分にとって譲れないものを守る道を選択しました。

それからずっと後のこと。二十年ぶりに会った当時の恩人が、「もしあのままデビューして、歌謡界で活躍していたら、今はすごいスターになっていたのに」

と言いました。

私は道を間違えたのでしょうか。

人生にはさまざまな選択肢があります。線路の分岐点で、どちらに進むかを決めるのは自分自身です。今でも私はあのときの選択を間違えたという思いはありません。

ただ悔しいのは、その後の運命――。

私の人生が華やかな輝かしい世界から暗黒の世界へと反転したのは、一つのささいな出来事がきっかけでした。ある出会いによって生じてしまった悲劇。それを運命というには、あまりに残酷です。

でも社会にぽっかりと口を開けた大きな闇に呑み込まれていく人生が、そこから始まってしまいました。

心も体も傷だらけ。今も苦しく悲しい人生を生き抜いています。

だからこそ、人生の終着駅が見えるまで、鈍行列車で行こうと思います。今、生きている人生の景色をじっと見据えながら、心にある深いものを吐露することで、心のつらさが軽減されていく。
それが今の私の救い……。

第一部

歌姫誕生

第一章　未知なる道に憧れて

福島で生まれ、関西で育つ

今はもう懐かしい昭和の時代。それは、戦争ですべてを失った日本人が、ゼロから再び立ち上がり、新しい夢に向かって走り続けた時代です。誰もが未来を信じて精一杯に生き、青春を謳歌した日々がそこにありました。

私がこの世に生を受けたのは、終戦の翌年のことでした。戦時中、家族は戦火を逃れて母の実家があった福島に疎開しており、そこで私は生まれました。ただ、それからしばらくして家族で生活の拠点を移したため、福島で過ごした記憶はほとんどありません。

私の記憶に残っているのは、小学校に入る少し前のあたりからです。関西地方の郊外の町で、父と母、三歳上の姉、三歳下の妹の五人家族で、平屋の一戸建ての家につつましく暮らしていました。

のちに私には兄が二人いることを知りました。兄たちは母方の伯父に育てられていたそうです。なぜ私たち家族と一緒に暮らさないのか、不思議に思っていましたが、戦時中や戦後はそれぞれの家族にさまざまな事情があったのでしょう。私もあえてその理由を両親に聞くこともなかったので、両親が亡くなった今となっては結局わからずじまいです。

ただ私にとっては、優しい父と母、そして幼い頃から仲の良かった姉と妹がいるだけで、十分に幸せでした。

歌うことが大好き

私は小さい頃から歌が好きでした。恥ずかしがり屋で人前に出ることは苦手だったのに、なぜか歌を歌うときだけは、そんな気持ちはすっかり消えてしまいます。

まだ幼かった頃、酒屋さんの兄弟が配達に来たときに、当時流行していた江利チエミさんの歌を歌ったら、十円玉を二つくれました。それからは配達に来るたびに歌をリクエストされ、歌うとお小遣いだと言って毎回二十円をくれました。私が歌うことでみんなが笑顔になってくれる。そんな瞬間が大好きでした。

小学生の頃、私は姉と一緒に母に連れられて、歌手となるためのオーディションを受けに行ったことがあります。

歌うことが大好きだった私は歌手になることを夢見ていたのだと思います。母にねだってわざわざ東京まで連れてきてもらったのかもしれません。

ホールのような広い部屋の真ん中にピアノが一台置いてありました。奥のテーブルには何人ものおじさんやおばさんたちが座っていました。

廊下にはオーディションを受けに来た人たちが座って順番を待っていましたが、子どもは私だけでした。一人ずつ名前を呼ばれると、ドアを開けて部屋に入っていきます。

私の名前も呼ばれました。胸がドキドキしたまま大人たちの前に立ったことが今も目に浮かびます。

曲は、大好きだった西田佐知子さんの歌を選びました。十歳になるかならないかの子どもには不釣り合いな大人の女性の歌でしたが、自分がいちばん好きな歌を選びました。

ところが脇でピアノの音がリズミカルに鳴り始めると、急に緊張感で体が硬直してしまいました。初めて聞く生演奏のピアノの音と、ピアノの伴奏にうまく乗れない……。

今思うと、ピアノの音が高く、キーを合わせることができなくて、動揺してしまったのでしょう。

ピアノの音が一度止まりました。演奏していた方が心配そうに私の顔を見て、もう一度曲の初めから弾き出しました。でもピアノの音ばかりが部屋に鳴り響き、私は声が出ず、立ちすくんでしまいました。

人の前で歌を歌いたい。歌を歌ってたくさんの人たちを喜ばせたい。そう心に願っていたのに、人前でまともにきちんと歌ったこともない私が練習もせずにオーディションを受けたのは、今思えば行き当たりばったりの無謀なチャレンジで、何と無知だったのだろうと思います。

これが人生における初めての、とても大きな挫折。しばらくは、西田佐知子さんの歌を聞いても、口ずさむこともできなくなってしまいました。

真っ白なシーツと人の心の温かさ

幼い頃の記憶でもう一つ、今も忘れない出来事があります。どのような流れでそうなったのか、詳しいことは覚えていないのですが、そのときの体験だけが鮮明に記憶に残っています。

あるとき、私は姉と二人で東京駅にいました。私たち二人だけで母の実家のある福島に向かわなければならない状況でした。

たしか私が小学一年生くらいだったので、姉が十歳、私が七歳の頃だと思います。なぜ両親がいなかったのかわかりませんが、ともかく何度か行っただけの南会津へと向かったのでした。

当時は新幹線は開通しておらず、上野駅から東北本線に乗って郡山駅で降りました。ここから磐越西線に乗り換えて南会津方面へと向かうのです。

ところが、郡山駅で降りたときには、すでにあたりは真っ暗です。南会津方面に向かう列車はありませんでした。途方に暮れた私たちがホームのベンチに座っていると、ホームの立ち食いそば屋の男性の店員さんが出てきて、「どうしたの？」と声をかけてくれました。

「電車がなくて、おばさんの家に行けなくなっちゃった」

「行くところはあるの？」

「ないの……」

「それなら、うちに泊めてやるよ」

私たちはその日、この親切な店員さんの家に泊めてもらうことができました。

案内されたのは三畳ほどの小さな部屋でしたが、おにいさんは私と姉のために並べて布団を敷いて、真っ白なシーツをかけてくれました。その白さがとても印象的で、私はそのときの出来事が忘れられないのかもしれません。

その後の記憶はすっかり抜け落ちているのですが、真っ白なシーツと人の心の温かさが、大人になっても心に刻み込まれています。

父親から受け継いだ外見

私が中学校に入学する頃になると、私たち三姉妹は、近所ではちょっと知られた存在になっていました。

何といっても、姉がとても美しく成長していたからでしょう。年頃になると、街を歩けばほとんどの男性が振り返り、家の周りにはいつも姉を一目見ようと男子高校生たちが群れているような状況でした。

妹はまだ小学生でしたが、とても愛嬌があり、よく子どもモデルになることを勧められました。

その間に挟まれた私は、ちょっと個性的な顔立ちをしていて、三者三様の魅力があると言われ、目立った存在になってしまったようです。

私たちの外見的な特徴は、父からの遺伝によるものと考えられます。父は一八〇センチ以上あるすらりとした長身で、西洋風の顔立ちをしていました。ピーター・フォンダ似の、かっこよくて素敵な人でしたから、友人たちからはよくうらやましがられましたが、性格はとても朴訥で、まじめな人でした。母と共に、人を疑うことを知らず、情に厚く、曲がったことが嫌いな人でした。そして家族のために一生懸命働いてくれた父は、親としても、また人としてもとても尊敬できる、大好きな存在でした。

姉も私も父に似て、すらりとした体形をしていました。

姉は中学校を卒業した頃には身長が一七〇センチあり、手足が長くてスタイルは抜群でした。

ちなみに私も中学時代に一六七センチまで身長が伸び、まわりの同級生からは抜きんでていました。あの時代に、これだけの高身長の姉妹はとても珍しかったように思います。

すらりと伸びた手足に、くっきりとした目鼻立ちでひときわ目を引く美貌。誰もがうらやむような恵まれた外見を持つ姉でしたが、その内面はとても大人しい性格でした。常に注目を浴びていたせいか、逆に目立たずに生きたいという気持ちがあったようです。

実は姉にはもう一つ才能がありました。とても手先が器用で、なんでも手作りしてしまうのです。もともとこうした手作業が好きだったことから、その技術を伸ばそうと、自分の意志で中学を卒業するとすぐに、当時は良妻賢母の鑑（かがみ）として人気だった洋裁の学校に進学しました。将来は洋裁店を開くのが夢だと言っていました。

しかし世間は、姉の美貌を放っておいてはくれませんでした。洋裁学校に通うために街の中心地に出ると、否応なしに姉の美しさは目を引いてしまいます。プライベートからビジネスまで、さまざまな人たちに毎日のように声をかけられたようです。

その中で姉は、主要駅近くの繁華街にある高級喫茶『香庵』にスカウトされ、そこでアルバイトをするようになりました。

転機となったコスチュームショー

三年遅れて中学校を卒業した私も姉の道をたどるように、当時、人気の高かった服飾学院に進学しました。ただ、私は姉のように洋裁などの手作業はあまり得意ではなく、むしろファッションに関心があって、デザインなどの道に進めたらいいかなと漠然と考えていました。

あるとき私が通っていた学院で、生徒たちの作品を発表するコスチュームショーが行われることになりました。すると友だちから、ぜひモデルをやってほしいと頼まれました。背が高いほうが、ドレスもきれいに見えるのです。

友人たちは私の身長だけでなく、ちょっと大人びた個性的な雰囲気がいいとほめてくれたのも嬉しかったです。何人もの友だちに頼まれて、私もモデル気分になり、コスチュームショーでは何枚も衣装替えしてステージに立ちました。

これが私の一つの転機となりました。

このショーでステージに立った私の姿が、地元のモデルクラブの方の目に留まったのです。モデルにならないかとスカウトが来て、私の心はときめきました。十代の好奇心旺盛な少女に、華やかな世界への憧れがないはずはありません。新しい世界の先に何があるのかを知りたくて、その扉を開きました。

モデルクラブへ入ると、すぐに多忙な毎日が始まりました。商品ポスターやパンフレットの表紙撮影など、さまざまな広告の仕事が入りました。水着姿で水上スキーに乗った撮影など、これまでになかったたくさんの経験をさせていただき、自分の内側が徐々に変化していくようにも感じました。

それまではけっして積極的な性格ではなく、小さい頃の歌のオーディションのときのように、人前に立つこともそれほど好きではありませんでした。それが、内からあふれる自信のようなものが芽生えはじめ、人から見られることも苦ではなくなりました。

多くの大人たちに囲まれて、自分が中心となって仕事が進んでいく。まだ十代ではありましたが、プロとして仕事をしていくうちに少しずつそんな大人たちの世界に染まっていったのかもしれません。

姉と共に高級喫茶でアルバイト

姉が高級喫茶『香庵』で働いていた縁で、私にも一緒に働かないかと声がかかりました。

『香庵』は、地元では有名なエレクトーンが奏でられる高級喫茶でした。アルコール類を一切扱っておらず、私たちは一杯のコーヒーを運ぶだけ。お客様は一杯のコーヒーを優雅に飲むだけ。それでもお店は常ににぎわいをみせていました。

フロアで働く女性たちの美しさは噂の的。客層も良く、大手企業の役員クラスや地元の経営者だけでなく、テレビや雑誌などのマスコミ関係の方たちも多くいらしていたので、フロアレディにはファッションモデルの卵や芸能界に憧れる女性などが、チャンスを求めて集まっていました。

　モデルの仕事が不定期だったこともあり、私は空いている時間を有効に活用するため働くことにしました。何か新しいことをしたいと考えていましたので、世界を広げる良いタイミングでもありました。

『香庵』の営業時間は午前十時から午後十一時までしたが、まだ十代だった私は昼間の時間に働かせてもらい、午後三時までが勤務時間でした。仕事が終わってお店を出ると、たくさんの男性が待ち伏せをしていて、花束やプレゼントを渡そうと集まってきます。でもそれを無視して通り過ぎるのが私たちのルールでした。

　私たち姉妹は、よく一緒に行動していました。同じ時間に『香庵』のフロアに立つことも多く、余計に注目されました。「牧姉妹」と姉とセットで呼ばれることも多くありましたが、妹の私から見ても姉はとても上品な美しさがありました。長い黒髪がその美しさをさらに際立たせ、多くの人たちの視線を釘付けにします。女優の梶芽衣子さんのような、凛とした美しさがありました。

　私たちはお店の行き帰りも一緒、買い物や食事に行くときも一緒でした。二人とも背が高いこともあり、街を歩いていると、よく人から見られました。特に、当時の駅の地下街の天井はとても低かったため、私たちが並んで歩いていると余計に際立って身長が高く見え、とても目立ったようです。何人もの男性たちが私たちを振り返って眺めていました。

私一人ではとても恥ずかしいのですが、姉と一緒であれば、男たちの視線におびえることなく、堂々と胸をはって歩くことができました。

身長だけは努力で変えられるものではありません。手足の長さも同様です。すらりとした高身長、伸びやかな手足は私の誇り。このような体形に産んでくれた両親には感謝するばかりです。

恐怖と人情のはざま

しかし、美しさだけが羨望される日々は、けっして良いことばかり起こるわけではありません。それを自覚する事件が起こったのは、『香庵』で働き始めて半年くらい経った頃だったでしょうか。

『香庵』のフロアで一緒に働いているうちに仲良くなった真美という友だちがいます。職場の女性たちは、互いに互いをライバル視しているため、表面的な関係になることが多いのですが、真美だけはいつも私に親しく話しかけてくれることから、私も次第に心を開いて話をするようになりました。

あるとき、真美から「彼が夕飯をご馳走してくれるから一緒に行こう」と誘われました。真美の彼には仕事終わりに何度か顔を合わせたことがありましたが、ヤクザやチンピラのような風体の人で、真美にきつい言葉を浴びせかけたり、真実の腕を振り払ったりしていたので、あまり好きにはなれませんでした。

しかし真美は彼にぞっこんで、彼に尽くし、彼の言うことは何でも聞くのです。

「ユリが来なければ、彼に怒られてしまう。どうしても一緒に来てほしい」と懇願され、あまり乗り気ではありませんでしたが、仕方なくついていくことにしました。

真美と一緒に約束の場所に行くと、彼は車で待っていました。私たちを車に乗せると市内を出て郊外へと走り、どこともわからない山道を登っていきます。私は徐々に不安になってきましたが、こんな山中で降ろしてほしいとも言えず、黙っていました。すると立派な門構えの日本家屋が現れ、彼は駐車場に車を停めて私たちを降ろしました。そこはとても有名な高級料亭でした。

彼と真美と私の三人は仲居さんに案内されて部屋に入りました。床の間には、まるでテレビドラマに出てくるかのような、立派な掛け軸と生け花が飾られています。かしこまって正座をしていると、仲居さんが次々と料理を運んできました。その料理は、どれも目を見張るほど美しく、美味しかったのですが、なぜこのような高価な店で料理をいただけるのかと思うと、どうにも気持ちが落ち着きません。

食事が終わると、真美の彼が、「紹介したい人がいるから、ここで待っていてほしい」と言って、真美と二人で部屋を出ていってしまったのです。

私はどうしたらいいかわからず、不安なまま座っていました。するとスーッとふすまが開き、小柄な初老の男性が入ってきました。にこやかな表情で私を見ると、床の間を背にして私の正面に座りました。

私はハッとしました。一見すると温厚な印象を受けるものの、その雰囲気から、その男性が一般社会の人ではないことはすぐに感じ取ることができました。

「とても素敵な女性がいるのでぜひ紹介したい、と言われてね。本当にきれいな人だ」

その言葉を聞いて、私は恐怖で身を固くしました。あの二人の意図をようやく理解できました。してやられた、と思いました。

しかし、このままでは彼らの思うつぼです。何とかこの状況を打開しなければなりません。恐怖におびえながらも、勇気を振り絞って言いました。

「私は何も聞いていません。ただ、真美さんに一緒に食事をしようと言われてここに連れてこられたのです。そんなつもりで来たわけではありません。申し訳ございませんが、これで帰らせてください」

畳に手をついて深く頭を下げました。部屋に沈黙が流れました。

私がじっと身を屈めたままでいると、頭の上から笑い声が聞こえました。恐る恐る顔を上げると、男性は笑みを浮かべています。

「そうか、わかった。怖がらせて悪かったね。帰っていいよ」

その言葉を聞いて私はすぐにバッグを掴み、廊下に転げ出るようにして飛び出し、料亭を後にしました。

しかし、料亭から一歩踏み出ると、外は真っ暗で、道路の先は闇に包まれていました。車のライトさえ見えません。呆然と立ちすくみましたが、ここにずっといるわけにはいきません。この場所から少しでも離れようと、来た方向と思われる道をとぼとぼと一人で歩き出しました。

三十分も歩いた頃だったでしょうか。後ろから明るいライトが射し、大型のトラックが走ってきました。私は手を挙げ、大きく振ると、トラックは急ブレーキを踏んで停まってくれました。

「どうしたの?」

運転席から男性が顔を出して、声をかけてくれました。

「彼氏とけんかして、車から降ろされちゃって……」

私は咄嗟にウソをついて、車に乗せてくれないかと頼みました。

「こんなところに女の子一人、おいていけないさ。近くの駅まで送ってやるから」

男性はそう言って助手席に乗せてくれて、高速道路に乗る予定だったのをわざわざ遠回りして、私鉄が通っている主要駅の近くまで送ってくれました。

まだ十代の若さで、自ら望んだというよりも、成り行きに身を委ねるかのように入り込んだ大人の世界――。世間を知らず、未熟だった私にとって、それは人の怖さと優しさを同時に知った経験でした。

ただ、今振り返れば、ピンチになると必ず誰かが助けてくれる。私の運の強さだけは、この頃から変わっていないような気がします。

高級喫茶から華やかな大人の世界へ

『香庵』に入って一年ほどして、姉はスカウトの人に声をかけられ、高級クラブ『しなの』に移りました。『香庵』で働いている女性は、将来モデルや芸能人になりたい人がほとんどで、ひときわ美人なスタッフが集まっていました。そのため、高級クラブのスカウトマンたちがよく出入りしており、気に入られた女性が声をかけられることも少なくなかったのです。

私も十八歳になったのを機に、姉をスカウトした方から『しなの』で働かないかと誘われました。

まずは姉の働く様子を見ようとお店に足を運んだとき、華やかなステージに胸がドキンと鳴りました。『しなの』では毎夜ショータイムがあり、バンドマンの演奏やタップダンスが披露されているのです。

特に私が興味を惹かれたのが、華やかなスポットライトを浴びながら歌う歌手の方たちの姿です。

小さい頃から大好きだった歌。夢だった歌手。西田佐知子さんの歌が大好きで、『コーヒー・ルンバ』『アカシアの雨がやむとき』などを歌い、まわりの人が私の歌を聞いて喜んでくれたことをふと思い出しました。

音楽にあふれる空間がとても気に入り、私もここで働きたいと思ったことが『しなの』に移るきっかけになったのです。

モデルの仕事や『香庵』でのアルバイトでも、十代の女の子にしてはずいぶんと高額なアルバイト料をもらっていましたが、本格的にこの世界に入り、また一つステップが上がったことを感じました。

その頃の一か月の収入は数十万円。大企業の部長クラスほどもあったかと思います。ただ、お店で身につける衣装は自分で用意しなければならなかったため、ドレスや靴、アクセサリーなどの購入費はもちろん、行き帰りに着る洋服なども必要です。私は気に入ったものはすぐに買ってしまう性格でしたので、出費も多くありました。

そうした私の姿を見かねて母がきちんと財布の紐を締めてくれたのは、今考えればとてもありがたかったです。母に言われて、月々の洋服代を決めました。また毎月一定の金額を定期預金にしてくれたのも母でした。

十代にして、当時としては身に余るお金を手にしましたが、母と姉は二人ともきっちりとした性格でしたので、きちんとお金の管理をしてくれたことで、私も無駄な出費をせずに仕事をすることができました。

いつも支えてくれるのは家族。どんなに華やかな世界を見ても、その気持ちは変わりませんでした。だからこそ十代で大人たちの世界に身を投じても、揺らぐことなくまっすぐに生きられたのでしょう。

芸能人も訪れる高級店へステップアップ

それからしばらくして、『しなの』で働いていた私たち姉妹を、別の高級クラブ『美優』のオーナーが気に入ってくれて、ぜひ来てほしいと言われました。こうしたことはよくあることで、より条件の良いお店で働くことがステップアップの証でした。

そのときも姉が先に『美優』に入り、その数か月後に私も働くようになりました。支度金として、一人五十万円をいただきました。

『美優』は高級クラブにふさわしい大人の雰囲気のする落ち着いたお店でした。私たちが姉妹で働いていることに興味を持たれるお客様も多くいました。二人とも背が高かったことから、オーナーは私たちを並べて、姉を東京タワー、私を通天閣と言って笑いを取りながらよくお客様に紹介していました。

この仕事をしていると、普通では顔を見ることすら難しいような特別な方たちにも本当に多く出会います。会社の社長や政治家などもよく顔を出しますが、若い私たちに人気なのはやはり芸能関係の人たちです。どのお客様も区別することのないようにとマネージャーからは言われていますが、やはり芸能人が来ると、顔には出さないまでも心の中では嬉しく思います。

『美優』のオーナーは、当時の時代劇や任侠物の映画で人気を誇っていた鶴田浩二さんと縁があり、鶴田さんはゴルフ帰りによく顔を出していました。

鶴田さんは、映画のスクリーンで見るとおりの素晴らしい二枚目で、カウンターで一人グラスを傾ける様は、まるで一枚の絵を見るようでした。そして歌を歌うときは、テレビで見るままに白いハンカチを耳に当てる、その姿がまたダンディーで素敵でした。すでに大スターの地位を確立していましたが、偉ぶったところは少しもありませんでした。

あるときオーナーから私たち姉妹のことを聞いたようで、わざわざ私たち二人を呼んでくださいました。私たちが鶴田さんの前に立つと、

「姉妹なんだってね。二人で仲良くがんばりなさい」

と声をかけてくださいました。それからは来店するたび、私たち姉妹を呼んで優しく励ましてくださいました。

間近に見た鶴田さんは、まだ十代の私にとってはずいぶん年上に感じましたが、口元のしわに男の色気と哀愁を感じました。とても素敵な思い出です。

歌への思いが蘇る

『美優』のフロアの真ん中にはグランドピアノがあり、プロのミュージシャンの演奏やプロの歌手の歌が楽しめました。私もお客さんからのリクエストで、ピアノの生演奏で歌う機会が徐々に増えていきました。一度、私の歌を聴いたお客様は、次に来店すると必ずと言っていいほどまたリクエストしてくださるのです。

本格的に歌のレッスンを受けたわけではありませんが、ステージに立ち、マイクを握り、大好きな歌を口にすると、不思議と自分は歌手であるかのような気持ちになることができました。歌手こそが天職であると思えるほど、人前で歌っている自分の姿が、自分の心にスーッと溶け込んでいくような感覚でした。

私に歌への思いが蘇ってきたのには、あるきっかけがありました。

『しなの』から『美優』へ移る前に、私は少し休みをもらい、母の実家のある福島に滞在しました。叔母が病気で入退院を繰り返していたため、そのお見舞いに行ったのです。

同時に、叔母の看病をしながら、昼は喫茶店、夜はスナックを経営して忙しくしていた叔父のことを少しでも手伝いたいという思いがあったからでした。

私は叔父の店が大好きでした。いつも音楽にあふれていたからです。私の音楽好きは母の血筋で、叔父叔母の音楽好きを受け継いでいるのかもしれません。

夜、叔父のスナックを手伝いながらよく聴いたのが、西田佐知子さんの曲でした。子どもの頃から彼女の独特な歌声が好きで、よく真似をしていました。『東京ブルース』や『女の意地』『灯りを消して』など、お気に入りの曲ばかりを聴いているうちに、いつの間にかマイクを握っていました。そのうちに夜は私が歌うことが定番となり、その心地よさは何物にも代えがたいものになっていきました。『美優』に入ってからもよく西田佐知子さんの歌を歌っていたのは、そうした理由があったからです。

さらに、『美優』のお客様たちの温かい拍手に、私の隠れた思いがどんどんふくらんでいき、その気持ちが抑えきれなくなっていきました。

『美優』での仕事を終えてから、お客様に誘われて一緒にナイトクラブへ行くことがありました。すると、そこでもマイクを勧められ、自然とライトを浴びながら歌っている自分がいました。

こうしたきっかけから、私は『美優』の仕事以外に、「歌手」の仕事をするようになりました。『美優』のオーナーに許可をいただいて、夜十二時まで『美優』で働き、それからナイトクラブに移動し、歌手としてステージに立つようになったのです。

夜八時から『美優』で働き、お店を移して歌手として歌うと、自宅に戻るのは明け方近いことも度々ありました。体力的にはきつかったですが、若かったこともあったのでしょう。辛いなどということは一度も感じなかった。むしろ大好きな歌が歌えることが楽しく、とても幸せな時間でした。

有名作曲家との運命の出会い

ある日、私がナイトクラブのステージに立ち、いつものように西田佐知子さんの『灯りを消して』を歌い終わったときのことです。マネージャーから「あちらの席へ」と指示されました。見ると、四人の男性が楽しそうに話しながらウイスキーのグラスを傾けていました。初めて見る顔でしたが、一般のビジネスマンとは雰囲気が異なり、どこか自由な雰囲気のする方たちでした。

ステージが終わると、よくお客様から声をかけていただき、そのまま同席して少し話をすることもあります。その日も私は特に意識することなくテーブルの傍に寄って、挨拶をしました。

「ここに座りなさい」

一人の男性に言われ、私は隣の空いていたソファに座りました。それが私と作曲家・原田こうじ氏との運命の出会いでした。

このクラブには以前から、ある歌手の方が足しげく通っていました。ウエスタン歌手として話題を呼び、のちに歌謡曲でヒットを飛ばした男性歌手で、ＮＨＫの紅白歌合戦にも出場したほどの人気歌手です。

原田氏はその人気歌手のお兄さんで、弟のために作った曲がミリオンセラーの大ヒットになったことで有名になりました。その後も他の歌手に作った数々の曲がヒットし、日本を代表する作曲家の一人となり、当時はまさに飛ぶ鳥を落とす勢いでした。

でもその当事者が目の前にいるとは、私はまったく気づきませんでした。

「君の歌を聞いたよ。東京に来ないか？」

原田氏は単刀直入に、私に言いました。

私は曲がりなりにも歌手としてステージに立ち、その代金をいただくだけの活動をしてきましたが、本当に世に出て、いわゆる芸能界に入り、歌手として活躍しようなどとは考えていませんでした。子どもの頃にこそ歌手にあこがれ、東京までオーディションを受けに行ったことはありましたが、大人になってからはそうした夢を思い描くことはありませんでした。

ただ歌うことが好き。それ以上でも以下でもありません。人々に注目され、スポットライトを浴びるようなスターになろうなどとは、思ってもいませんでした。

それが、こんな著名な作曲家から「東京に来い」と言われたのですから、心は大きく揺れました。最初から歌手を目指していたなら、こんなチャンスはないと飛びついたかもしれません。でも私は、誰も知る人のいない東京で、競争が激しいであろう芸能界で、闘っていけるかどうかと不安ばかりが先立ちました。

確かな返事をすることのできないまま、その日は原田氏と別れました。両親に相談しましたが、結論の出ないままに時間は過ぎていきました。

すると一週間ほど経ってから、自宅の電話が鳴りました。母が出ると東京の音楽事務所だと言われたそうです。

「原田先生からお話をうかがいました。もう、こちらの準備は整っていますので、すぐに東京にいらしてください」

母はとても驚いたようで、人の好い母は、あちらは準備を整えて待ってくれている。そんな人様に迷惑をかけてはいけないと、急に東京行きを勧めるようになりました。

督促する電話が何度かかかり、こちらの返事も聞かず、当然のように東京へ来るものだとして私を促します。

「いろいろと、職場のこともありますし……」

言葉を濁しても、相手は折れず、「必ず来てください」と言葉を重ねます。

しかし私がなかなか承諾することができないでいると、ついに業を煮やしたのでしょう。

「とにかく一か月以内には上京してください。その後のスケジュールもありますので」

最後にはそう言って、電話を切られてしまいました。

両親や姉妹は「ユリのしたいようにすればいい」と、優しく背中を押してくれました。職場にも迷惑をかけてしまうことから、マネージャーにそっと事情を話すと、「これは大きなチャンスだから、逃してはいけない」と応援してくれました。

『美優』に移るときに契約金をもらいましたが、一年以内に店をやめる場合は全額返すのが当時のルールでした。しかし、もらったお金で衣装を揃えたり、日々の美容院代や化粧品代などに充てていましたので、手元に残っているお金で全額を返すことは到底無理でした。

ところが『美優』のオーナーは、私がチャンスを掴んだことを自分のことのように喜んでくれ、「お金のことは心配しないでいいから、頑張っておいで」と応援してくれたのです。その温かな言葉に、私はついに東京行きを決意しました。

東京のスケールの大きさを感じた夜

東京での暮らしを始める少し前に、今も忘れられない不思議な経験をしたことを思い出します。

上京して本格的に歌手をめざす前に、先に音楽事務所と契約をする必要があると言われ、私は一日仕事を休んで姉と一緒に東京に行きました。

その日、事務所との契約を済ませたあと、私たちは地元のプロチームが出場する野球のナイター観戦を予定していて、神宮球場へと足を運びました。

私たちのお店にはプロ野球選手もよく来てくださっていました。ちょうどタイミングよく来てくださった選手たちに、来週、東京に行く予定があると話をすると、その日は神宮球場で試合があると言って、私たち二人分のチケットを用意してくれたのです。

そして試合観戦後は、その選手たちと都内のレストランで落ち合って一緒に食事をして楽しく時間を過ごしました。選手たちと別れたときは午後十一時を回っていました。

財布の紐のかたい姉は無駄遣いを嫌うため、この夜はホテルを取っていませんでした。

「東京だもの。高いホテルに泊まるのももったいないし、どうにかなるでしょう」

楽観的に言う姉に押し切られ、深夜の都会をさまようことになりました。でも東京なら、女二人でも怖くはありません。深夜とは思えない、明るいネオンの光が町中にあふれています。私たちは深夜喫茶で時間を過ごして、朝になったら新幹線で地元に戻ろうと計画を立て、赤坂の一ツ木通りをプラプラと歩いていました。

ふと、路地横に『スナックあまだれ』という小さな看板が目に入りました。なんとなく気になって、姉と二人でお店に入りました。

私たちは奥のテーブルに案内されました。ふとカウンターに目をやると、一人客の男性と目が合いました。とても風格があり、一目で社会的にも地位のある方だということが直感できました。

席が近かったため、何気なく言葉を交わすと受け答えも優しく、私たちはすぐに親しくなりました。

姉と私の写真を撮りたいといって取り出したカメラは、すぐに映した写真が現像されて出てきて、とてもびっくりしました。いわゆるポラロイドカメラですが、当時はそのようなカメラがあることも知りませんでした。撮った写真を何枚かいただきました。

「もう遅いけど、今晩はどうするの?」とその紳士に尋ねられ、

「朝までどこかで時間をつぶして、明日、新幹線で家に戻ります」と私たちは正直に答えました。

すると「それは、疲れてしまう。大変でしょう」と言われ、その場でお店の人に電話をさせました。電話を代わり、二言三言話し、電話を切りました。

「ホテルを取ってあげたから、そこで二人でゆっくり休みなさい」

その男性はタクシーを呼び、「ホテルニューオータニまで行ってあげて」と運転手に声をかけました。そして私たちに「西田と言えばわかるから」と言ってに

こりと笑い、タクシーから離れ、再びお店に入っていきました。

それからホテルに行き、フロントで西田さんの名前を言いました。

「お待ちしていました。ルームサービスもご自由に。何日でもお泊まりいただいて結構だとのことですので、ゆっくりお休みください」

フロントの方はにこやかに言われて驚きました。

さらに部屋に案内されて、またまた驚かされました。案内されたのはホテルの特別室、スイートルームでした。こんな広いホテルの部屋を、私たちは見たこともありませんでした。

東京は、やはりスケールが違います。こうしたご縁がありましたことを今も感謝しています。

のちにこの方はある資産家のご主人であり、有名な女性歌手の後援をされていることを知りました。そうしたことからあの夜の出来事は、歌手をめざして上京する私を応援する気持ちもあったのでしょうか。

第二章　悲しみの砂漠にて

「三か月後にはデビューだよ」

昭和三十九（一九六四）年、東京オリンピックが開催された年に、東海道新幹線が開通し、東京と関西圏への距離がぐっと縮まりました。

私も何度か新幹線に乗って東京へ遊びに行ったことはありましたが、そこで暮らすということは、やっと二十歳を過ぎたばかりの女性にとっては、やはり大冒険でした。スーツケース一つを抱えて東京行きの新幹線に乗り込んだときは、これからの未来に不安ばかりが押し寄せていました。

東京は想像以上に大きな街でした。ここで暮らすといっても、どこで何をしたらよいかわからず、ほとんど土地勘もないので、すべてを事務所の方に任せるしかありませんでした。

生活の拠点となる住居は、音楽事務所が用意してくれた代々木のマンションになりました。マンションという名にふさわしく、鉄筋コンクリートのおしゃれな洋風の造りで、外国人も何人か暮らしているようでした。さすがに東京だと驚かされました。

音楽事務所は新宿駅から私鉄で二駅ほどの場所にあり、ビル内にはレッスン室もあったので、毎日そこに通ってレッスンを受けるようにと指示されました。

「歌の猛特訓をして、三か月後にはクラウンレコードからデビューだよ」

事務所の人に言われて驚きました。もう私の歌手としてのレールは、すでに敷かれていたのです。

事務所ビルにはレッスン室が二つありました。最初に案内されたとき、第一レッスン室はすでにプロになった歌手たちがレッスンする部屋だと聞かされました。広々とした明るい室内には立派なピアノが置いてあり、冷暖房もしっかりと効く部屋でした。

第二レッスン室はそれよりも一回り小さい部屋で、ピアノも古ぼけたものでした。まだプロデビューしていない人たちが使うということで、こうしたところにも格差があるのだと知ることができました。

デビューしている人とまだデビューできていない人。当然のことではありますが、プロとプロの卵との差は歴然としていて、待遇もまったく違っていたのです。

私もデビュー前でしたから、厳しい下積み生活を経験する立場のはずでした。ところがレッスン初日、私は第一レッスン室に行くように言われました。そこで待っていると、懐かしい原田先生がやってきたのです。

「やっと来てくれたね」

ピアノの前に座り、原田先生は微笑んで私に言いました。

「どうぞよろしくお願いします」

私も笑顔で応えました。同時にこの瞬間、もう甘えは許されないのだと、覚悟を決めた気分になりました。

特別待遇に周囲からやっかみ

その日から、先生と私のレッスンが始まりました。先生は私の練習曲に、当時流行っていた『カスバの女』を選びました。

『カスバの女』は昭和三十（一九五五）年にエト邦枝さんという歌手がリリースしましたがヒットせず、ちょうどこの頃になって緑川アコさんがカバーし、大ヒットした曲です。園まりさんが歌う『夢は夜ひらく』もヒットしていた時代です。

先生はピアノを弾きながら「♪　涙じゃ　ないのよ～」と一フレーズずつ歌います。私もなぞるようにそれに続きます。私はそれまで自己流で歌っていましたが、このときにプロとの違いを痛感させられました。一つ一つのフレーズを大切にして、噛み締めるように歌うことの大切さを最初に教えていただきました。

先生は私の低音もすぐに聞き取って、キーを合わせてくださいました。さすがにプロの作曲家だと思いました。

また、私は歌うとき巻き舌になってしまうことがあるので、その癖は直したいと思っていましたが、「それもいいね」と褒めていただきました。

私は『カスバの女』の元歌を聞いたことがなかったので、自分なりのイメージをもって歌うことができたのが良かったのだと思います。他の歌手の歌だと、どうしてもその人の歌い方に引っ張られてしまい、自分らしさを表現しにくくなってしまうからです。

当時はよくわかっていなかったのですが、デビュー前の新人が、歌謡界のヒットメーカーである原田先生から直接レッスンを受けるのは極めて稀なことのようでした。

歌手の卵たちは、小さな古いアパートを借りてアルバイトをして食いつなぎながら必死で夢を追いかけている人が大半です。何年間もレッスンを受けているにもかかわらず、デビューのきっかけすらつかめない若者もたくさんいました。

それに比べて、私は事務所が借りたマンションに住んでいますし、マンションとレッスン室の往復には運転手付きの黒のクラウンが用意されていました。

人気作曲家に目をかけられ、プロと同様のレッスンを受けられて、デビューも決まっている。こんな恵まれている人はいない、あなたはラッキーだと周りからはよく言われました。事務所に通っていた歌手の卵たちからはやっかみのような視線やいじめのような行動も受けたりしました。

たしかに、私自身も自分が優遇されていることを感じましたが、私が望んでやってもらっていることではないのでどうしようもありません。私自身は、どうしても芸能界で活躍したいという強い思いがあったわけではなく、成り行きに任せたらここまで来てしまったような感覚があり、周りが言うほどには自分の立場を理解してはいなかったのかもしれません。

「ありえない。なんてラッキーな人！」

昼は原田先生のレッスンを受け、夜は原田先生が経営する赤坂や新宿のお店のステージにも立ちました。赤坂の有名なお店のステージでは、チャーリー石黒と東京パンチョスのバンドの演奏で歌ったこともあります。

そのときは、ゲストで来ていらした作詞家の山内丈範先生とお会いすることができました。

山内先生は、一九五〇年代には映画の原作脚本で活躍され、その後に歌謡曲の世界に入られた異色の作詞家で、すでに数々のヒットを飛ばしておられた著名人です。山内先生はそのときに私の歌を聞きながら、作詞のイメージを膨らませてくれたのだそうです。

しばらくして私のデビュー曲が決まりました。

シングルレコードのA面は『孤独な女』、B面は『東京流れ花』。

作詞は山内丈範先生、作曲はもちろん原田先生です。

「まだ世に出ていない新人なのに、このようなゴールデンコンビの作詞家、作曲家に書いてもらった曲でデビューできるなんて、ありえない。なんてラッキーな、運のいい人なんだ！」と何人もの人たちから羨望の言葉をかけられました。

原田先生からのレッスンを受けていたある日、突然、「レコード会社へ行こう」

と言われて、運転手付きのクラウンに乗せられて赤坂のビルに行きました。着くとすぐに広いホールのような場所に連れていかれました。そこには一台のグランドピアノが置かれていました。

原田先生は何人かの知り合いに声をかけていたらしく、続々とたくさんの男性が集まってきました。

私はそこで原田先生のピアノの伴奏で、デビュー曲を歌わせてもらいました。歌い終わると、一人の男性が満面の笑みを浮かべて歩み寄り、言いました。

「期待しているよ。頑張ってね」

彼こそ、この業界では名の知れたディレクターで、美空ひばりさんや北島三郎さんをプロデュースして一躍スターにのし上げた人物だと、あとになって知りました。彼のお墨付きをもらえれば間違いないと、原田先生も安堵したようです。

この世界には独特のルールがあることも教えられました。原田先生から「レコード会社に行ったときには、どんな人にも頭を下げなさい」と言われました。受付の人にも、前を通り過ぎる人にも、掃除をしている人にも、とにかく目の前にいる人には挨拶をするのが鉄則なのだそうです。

見ず知らずの人に頭をぺこぺこ下げなくてはいけないなんて……と、二十歳そこそこの娘には、なんとなく抵抗があったのが正直なところです。

その頃から、芸能界という世界への違和感が、少しずつ出てきていたのかもしれません。

自分を殺してまでステージに立ちたくない

レコードを収録する日が近づいてくると、音楽事務所のレッスン室に、曲の作詞を担当していただいた山内先生も足を運んでくれました。周りの人たちからは「美空ひばりのレッスンだって来たことがないのに……」と驚かれたことを、今でもよく覚えています。

この状況を知る人からは、全員から「ラッキーガール」と呼ばれました。誰もがうらやむ恵まれた環境。せっかく得られたチャンスなのだから、デビューまでの敷かれたレールを、まっすぐに、まっすぐに、このまま走り続けることは暗黙のルールでした。

しかし、私の心の内側からせき止めることのできない重い塊が喉元に詰まり、息が止まるような苦しさを感じました。

それでもレコーディングが目前に迫り、デビューに向けて、刻々と準備が進められていきます。

そんなときに私とのレッスンを終えた原田先生が、ふと言いました。

「僕の曲とイメージが違うな。髪を短くしよう」

「え？」

私はずっと自分の長い髪を大切にしていました。少し茶色がかってウェーブがあり、姉の漆黒のまっすぐに伸びた髪がうらやましくて仕方なかったのですが、それでもこれが私の個性だと思い、幼い頃からずっとていねいに手をかけて大切にしていたのです。

でも原田先生は事務所のスタッフを呼ぶと、私を美容院に連れていくように指示しました。もちろん私には抵抗することはできません。スターが通うという有名な美容院に連れて行かれ、これまでずっと長く伸ばしていた髪を、ベリーショートのボブに切られてしまいました。鏡に映った自分の姿はまるで別人で、あまりの驚きに心が悲鳴を上げました。

このとき、私は気づきました。

私は、原田先生から提供された曲が、どうしても好きになれなかったのです。それまではいつも、自分が好きな曲を、自分の好きなように歌ってきました。しかし「この曲を歌いなさい」「こうやって歌いなさい」と指示されるがまま、すべて命令に従っている自分に耐え切れず、爆発寸前のところにきていたのです。

歌への情熱を失いかけていたときに、長い髪を切られたことで、心の糸も一緒にプツリと切れてしまった、その瞬間でした。

もう自分を殺すことはできない――。

私は泣きながら、原田先生と一緒に歌の指導をされていたもう一人の先生に相談しました。当然の如く「こんなチャンスはない」「一度逃げたら、もう戻ってくることはできない」と言われました。

それが正論でしょう。でも、もうこの気持ちを抑えることはできないと私自身はわかっていました。

冷静に考えてみれば、私には芸能界で活躍するような歌手になる覚悟がなかったのでしょう。歌は好き、歌っている自分も好き。私の歌を聞いて、喜んでもらうことも好き。だけど自分の心を曲げてまで、ステージに立ちたいとは思えなかったのです。

演歌歌手の方などで、よくこんな体験談を聞きます。

自分はデビューするまで大変な苦労をした。地方をまわり、観客が数人しかいないステージで歌った。デビューするためなら、何でもやった。それを乗り越えてスターになったのだと……。

死に物狂いの努力の甲斐があって夢がかなったと言いたいのでしょう。

ですが、私はそうまでしてスターになりたいとは思わない人間だったようです。

華やかな舞台へのあこがれは確かにありましたが、自分を殺してまで、偽りの姿で人様に自分の歌を聞かせたくない。

私は人形じゃない！　一人の人間です！

今振り返れば、若い頃からなんと筋の通った生き方だったのかと、わが身が愛おしくなるほどです。

すべてを失い、アルバイト暮らしに

原田先生と決別する決断をしたことで、私はすべてを失うことになりました。音楽事務所に借りてもらっていたマンションからも出ていかなくてはなりません。

どうしよう……。東京でデビューするという私を気持ちよく送り出してくれた地元の人たちのことを思うと、わずか数か月で舞い戻ることはさすがに私自身も抵抗がありました。しばらくはこの東京で生きていこうと考えましたが、とはいっても頼るべき親戚も知り合いもいません。

しかし、私の人生において、困っているときには不思議と誰かが手を差し伸べてくれるのです。

同じようにレッスンに通っていて知り合いになったマサミさんが、事務所でのいざこざを聞いて声をかけてくれました。

「ユリ！　うちにおいでよ」

住む家もないことを知ると、即座にこう言ってくれたのです。

こうして私は新宿百人町のアパートに一人で住んでいたマサミさんの元に転がり込み、同居させてもらうことになりました。

このときは、もう一人の救いの神がいました。それは京都出身の小林君という男性です。彼もレッスンに通って歌手をめざしていましたが、なかなか芽が出ない仲間の一人です。

小林君はアルバイトで運送業をしていたことから、社用の車を内緒で持ち出して、代々木のマンションから百人町のアパートに荷物を運んでくれました。

また、私が仕事をしなければならないと言うと、「ユリさんにぴったりだから」と言って、働き場所も紹介してくれました。

そこは新宿にある美人喫茶で、一階と二階が喫茶店、地下一階はバーになっているお店です。ホールスタッフの女性は身長が一六〇センチ以上という規定があるのだそうです。

私は面接に行くとすぐに採用されたので、身長さえクリアすれば誰でもよいのだろうと思っていました。でも実はこの面接のとき、マネージャーが二階の窓からお店に入る姿を見ていて、容姿や外見、洋服の色やセンスをチェックして、合格しなければ面接にすらたどり着けないのだと、あとから聞きました。

確かにこのお店のホールスタッフになってみると、本当にきれいな人たちばかりで、中にはファッションモデルとして現役で働いている人もいました。私も高身長とまでは言えず、改めて東京は広いなぁと思ったほどでした。

それでもお客様との会話は禁止など、私が以前働いていた高級喫茶とよく似ていたので、働くのは苦ではありませんでした。お給料も、同世代の女性事務員などよりは十分に稼ぐことができました。

ただ、これまでデビューをめざしてずっと歌のレッスンに力を入れていたため、急に歌う場所がなくなったのは、羽をもがれた鳥のように苦しかったです。そんな気持ちがにじみ出てしまったからでしょうか。小林君が新宿にあるクラブで歌う仕事を探してきてくれました。

東京という場所にまだ土地勘が働かず、どのような場所にどんな仕事があるかもわからないなかで、同志といってもよい仲間が支えてくれたことに本当に感謝の気持ちでいっぱいでした。

違う作曲家のもとでレッスン開始

小林君は、原田先生とはタイプの異なる作曲家の加藤先生のところでレッスンを受けており、私にも加藤先生の自宅でのレッスンを受けたらよいと勧めてくれました。

小林君の熱意もあり、私は少しでも歌える場所を求めて、その先生の自宅にレッスンにうかがいました。私は加藤先生を存じ上げていなかったのですが、訪ねてみるとどこかでお会いしたような気がしました。

するとと加藤先生のほうでハッと気づいたようにおっしゃいました。

「以前、レコード会社に原田さんが連れてきた子だね」

私がレコード会社で原田先生のピアノ伴奏で歌ったとき、何人かの関係者が集まっていましたが、その中に加藤先生もいらっしゃったのでした。

加藤先生はそれ以上のことは聞きませんでした。どこまで事情を知っているかはわかりませんが、デビュー目前の子が消えてしまったのですから、相当な事情があることくらいは予測がついたでしょう。それでも加藤先生は、私に歌の指導をしてくださいました。

その後、加藤先生は小林君から私がクラブで歌っていることを聞いて、何度か私の歌を聞きに足を運んでくださいました。その後は知り合いのナイトクラブを紹介してくださり、そこでも歌うことができるようになりました。

そのお店ではピアノとドラム、フルートのトリオのバンドがあり、そこに私が加わった四人のステージは好評でした。私のファンだと言ってくれる人も増えて、私の出番に合わせて毎週のように足を運んでくださるお客様もいましたので、マネージャーからも可愛がっていただけました。

　あるとき、私宛てに抱えきれないほどの大きなバラの花束が届きましたが、送り主の名前がありません。誰だろうとしばらくその花束の送り主のことばかり考えていたら、お客さんの男性の一人から「バラの花束は気に入ってくれた？」というメッセージカードが届きました。そのカードの送り主だというテーブルを見ると、そこには一人で座ってウイスキーを傾けている男性がいました。その彼は、ある老舗企業の御曹司だということをお店のマネージャーから教えられました。

　それから間もなく、その方の義理のお姉さんという方が訪ねてきましたが、ちょうど休みの日だったので会うことはできませんでした。私を品定めに来たのでしょうか。彼は結婚を望んでいるようでしたが、私はまだ結婚など考えられなかったのでそのまま放置していたら、いつの間にか御曹司もお店に来なくなってしまいました。

　もうデビューなんてできないと思っていましたが、加藤先生は私を売り出そうと戦略を練ってくださったようでした。

　ある日、加藤先生が、著名な作詞家、作曲家の先生と、レコード会社の社員二人を連れて計五人でお店に来てくださいました。私の歌を聞いていただいたあと、席にうかがうと、皆さん楽しそうに私のことを話していました。

　作詞家の先生は、「岸洋子のような感じでどうだろう」とおっしゃいました。岸洋子さんはここ数年、シャンソン歌手として頭角を現し、前年に『夜明けのうた』で日本レコード大賞の歌唱賞を受賞した方です。もともとオペラ歌手をめざしていただけあって、その伸びやかな歌声は私にとってもあこがれでした。先生が私の歌を聞いて岸洋子さんをイメージしてくれたことは大きな喜びでした。

　加藤先生はちょっと酔っていたのか、私に向かって「肉と野菜だけ食べて、野性的な感じで売り出そう」と言い出しました。私も可愛いだけの歌手にはなりたくなかったので、その意見も笑顔で受け止めました。

　レコード会社の人たちは、私の長身を見て「宝塚のような感じもいいですよ」とおっしゃっていました。

歌謡界の第一線で活躍されている方にレコード会社の方も加わって、私のイメージ戦略を立ててくださいましたが、結局、このときもレコードデビューは果たせませんでした。それでも数々のヒット曲を作られた日本を代表する作詞家、作曲家の先生方が、私の歌を聞き、歌う姿からイメージして、わいわいとお話しくださったことは、とてもうれしいことで、当時の皆さんの言葉が今も私の心に刻まれています。

道は少し違ってしまったけれど、そんなときがあったことを懐かしくも嬉しく、今も思い出したりするのです。

身ごもった姉が上京

上京して一年目の終わり頃のことでした。姉から突然「東京に出ていきたい」と連絡が入りました。

一卵性姉妹と言われるほど仲の良い姉妹でしたので、一緒に暮らせることはとてもうれしいことです。でも、なぜ突然？　恋人もいるはずなのに？　そんな疑問が浮かびましたが、なぜか聞いてはいけないような気がしました。

「いいよ。またお姉ちゃんと一緒に暮らせるなんて、うれしい。待っているよ」

そのときはそう言って、電話を切りました。

当時はまだ、新宿百人町のマサミさんのアパートに同居させてもらっていたため、このままでは姉を迎え入れることはできません。忙しさにかまけてマサミさんの好意に甘えていましたが、いい機会とも思い、新しい住まいを探すことにしました。

どんな住まいがいいか、姉に相談しようと電話をかけると、姉はぽつりと言いました。

「私、妊娠しているの……」

「え？　彼は知っているの？」

「うん。でも彼、奥さんいるから……」

そのとき私は初めて、姉の恋人が妻帯者だと知りました。

実はその彼とは、私も無縁というわけではありません。私が働いていたお店に姉が顔を出したときに、偶然にもお店にやってきたお客さんなのです。そのときに姉に一目ぼれした彼から猛烈にアタックされ、付き合うようになったのです。

姉と彼との出会いで、私が強く印象に残っていることがあります。

何度も書いたように、姉は誰もが振り返るほどの美人です。おまけに神秘的な魅力にあふれていましたから、常に男性たちから注目され、誘いの声をかけられていました。ですので、ちょっとした誘いは基本的に無視します。それはお高くとまっているというのではなく、誘いにいちいち応えていてはきりがないからです。

姉はもともと優しいので、声をかけてくる一人ひとりに丁重に断っていると自分が疲れてしまうため、結局無視するのがいちばんと思うようになったようです。

姉はそのようなスタンスを守り続けていたので、彼の誘いも何度も何度も無視していました。ですが彼は懲りることなく誘ってきます。しつこいほどに迫っててきます。あまりにうるさいので、仕方なく姉妹一緒のデートの約束をしました。

私たちは彼にあきらめさせようと計画を練り、約束の時間に行かなかったのです。さすがにもういないだろうと思いつつ、四時間ほど経ってから約束の場所に行くと、なんと、彼はまだそこで待っていたのです。

私たちは慌てて彼に近づき、声をかけました。すると驚いたことに、彼は四時間遅れたことなど一切責めず、来てくれたことだけを喜びました。

その誠実さと優しさに姉は参ってしまったようでした。初めて本気で、男に惚れたのかもしれません。それをきっかけにして、姉は彼とお付き合いをするようになったのです。


ですから二人の関係に、私も関わりがなかったとは言えません。しかし妻帯者と知って、責任を感じました。本当に一人で産むという選択でよいのかと何度も聞きましたが、姉は一人で産んで、一人で育てると言います。そのためには地元にはいられない。東京で産みたいと、その覚悟を私に伝えてくれました。

姉はとてもおっとりとして優しい性格ですが、芯の強いところがあります。一度決めたことは揺るがないだろうと思い、最終的には私も姉の決断を支援することにしました。

姉のお腹が大きくなっても病院に通いやすく、赤ちゃんが生まれたら夜泣きなどをしても迷惑が掛からないような住まいを探すことにしました。

マサミさんの住まいがある百人町から歩いていると、大久保に二階建ての借家が二軒並んでいるのに目が留まりました。偶然、大家さんの名前が西田でしたので、以前、赤坂のスナックで知り合った西田さんとご縁があるように思い、ここに引っ越すことを決めました。

学生たちの下宿やアパートが密集している地域で、二世帯分の住まいがくっついて一階と二階があるメゾネットタイプの借家でした。これなら夜、赤ちゃんが泣きだしても周辺にあまり気遣うことなくすみそうだというのもここを選んだ理由の一つです。

姉はまだあまりお腹が目立たない頃に東京に引っ越してきて穏やかに数か月を

過ごし、新宿の病院でかわいい男の子を産みました。姉は、彼には一切頼らないと決意をして東京に出てきたようで、住まいも伝えていなかったのでしょう。その覚悟を応援したいと思いました。

妊娠・出産時は、私が父親代わりになって付き添い、退院時には姉と赤ちゃんを迎えに行き、新生児に必要なおむつや衣類なども揃えました。

とはいえ、子どもを産んだことのない私では新生児のサポートが十分にできないことから、病院の看護師さんに頼んで家に来ていただき、いろいろと姉と赤ちゃんの面倒を見ていただきました。

それでももう私は一人ではなく、姉や赤ちゃんの生活の面倒も見なければなりません。私は毎夜ステージに立ち、深夜に自宅に戻り、昼間は姉や赤ちゃんのため家事などをこなしました。

肉体的にはしんどいこともありましたが、姉に似た目がキラキラとした美男子の甥っ子を見ていると、疲れも吹き飛びます。きっと世のお父さんたちも、こんな気持ちで会社と自宅を往復しているのだろうなぁ、などと想像することができました。

姉は赤ちゃんと半年ほど東京で過ごしてから、地元に帰ることになりました。姉はこれから、シングルマザーとして一人でこの子を育てていかなくてはいけません。やはり東京で暮らすのは難しいと、地元で母親の力を借りながら、仕事を再開していくことを決めたようでした。

その決断を私に止めることはできません。日ごとに成長し、可愛さがいっそう増していく甥っ子と離れる寂しさはありましたが、私にはまだ地元に戻る決意はできず、姉たちを見送りました。

命を削ってもステージへ

大好きな姉が去り、一人での東京暮らしは寂しさが募りました。二十一歳は、まだまだこれから未来が切り拓けるはずと思うものの、将来の確かな自分の姿を思い描けず、不安なままに時が過ぎていきます。毎晩ステージに立ち、歌うことだけが私の心の支えとなり、歌が私のすべてでした。

ところが深夜の二時、三時まで働く不規則な生活がたたってか、ある日、突然の体調不良に襲われました。深夜。睡眠中に腹部への刺すような痛みで目を覚ましました。目を開けると、天井がグルグルと回っているような不思議な感覚に襲われました。

あまりの体調の悪さに、「だめだ。このままでは死ぬ」と思いましたが、どうにも体が動きません。じっと歯を食いしばって我慢していると少しだけ痛みが治まったような感覚になり、しばらくすると再び痛みがやってくることの繰り返しでした。

ようやく朝になり、体を引きずるようにして布団から這い出て、友だちに電話をしました。

駆けつけてくれた友だちは私の様子を見て驚き、すぐに一緒にタクシーに乗って大学病院の救急で受け付けてもらいました。検査をしてもらうと卵巣に腫瘍があり、ひどい炎症を起こしていると言われました。

「すぐに入院して、手術をしなければなりません」

「無理です。今日、ステージがあるのです」

私は咄嗟に、そう答えていました。

「命とステージ、どちらが大切ですか！」

医師が驚いたような顔をして言いました。ですが私の決意は変わりませんでした。

「明日、必ず入院しますから……」

私は痛み止めの薬を点滴してもらい、あきれ顔の友人に付き添われながらタクシーでお店に向かいました。

プロである以上、ステージに穴をあけるわけにはいかない。それが歌手としての私の誇り。たとえステージで命が果てようとも――。

真っ青な顔でタクシーから降りてきた私を見て、心配そうに駆け寄ってきたマネージャーに、私は無理をして笑顔をつくりながら、「大丈夫です」とひと言伝えました。

ドレスに着替え、メイクをしている間にも、どんどんと痛みが強くなっていきます。身体を屈めるようにして痛みに耐えながら、ステージ脇に立ち、出番を待ちました。大きな拍手が起こると、不思議なことに痛みが遠ざかり背筋がすーっと伸びました。ハイヒールを履いた足が、さっそうとステージの中心へと向かいました。

痛みを忘れるように強く感情を込めて三曲を歌い、その日の一回目のステージが終わりました。そしてなんとか二回目のステージも終わると、私はマネージャーに抱えられながらタクシーに乗り込みました。

翌日、病院に行き、そのまま入院。すぐに卵巣摘出手術が行われました。無事に手術は終わりましたが、ひどく悪化した状態からの手術でしたので、回復にも時間がかかると言われました。結局、二週間ほどの入院を強いられました。退院しても体力が回復するまでしばらくはステージには戻れません。

ようやく帰れた自分の部屋の布団に横になりながら、ふと思いました。

どうしよう……、家に帰ろうか……。

東京に来て二年目の秋、私は懐かしい故郷を思い出しました。

心の中では、さまざまな葛藤がありました。

東京に来るときに見送ってくれた友人・知人の顔が浮かんできます。

朝早くにもかかわらず、新幹線のホームまで来て励ましてくれた人たちの姿が鮮明に蘇ってきます。

胸が締め付けられる思いになり、帰るに帰れないのです。

でも、死んだらなんにもなりません。

自分の身体だし、自分の人生だから……。

そう思い、故郷に帰ることを決意しました。

第三章　遥かなる道の先には

故郷に戻り、のんびり充電

　地元ではシングルマザーの姉が、子どもの面倒を見てもらうために両親と一緒に暮らしていました。妹は高校を卒業後、間もなく結婚をして、幸せに暮らしていました。姉二人の波乱万丈な人生を見てきたからでしょうか。末っ子がいちばん堅実な生き方を選んでいるように思います。

　東京から戻ってしばらくは、まだ体調が十分に戻らなかったこともあり、久しぶりにのんびりと過ごしました。家族と一緒の時間を過ごし、母の手料理を食べ、家庭の温かさを改めて感じることができました。それも一人で歯を食いしばった東京での経験があればこそ感じられるものなのかもしれません。

姉は、以前からの知り合いに誘われ、再びクラブで働くようになりました。子どもがまだ小さいので、昼間はゆっくりと我が子と一緒に過ごし、夜は両親に子どもを預けて仕事に出ていきました。シングルマザーの細腕一本で我が子を育てる覚悟をした姉には、これまでにない強さ、たくましさが感じられました。これこそが母親になる、ということなのかもしれません。

私も体力が徐々に回復してくると、少しずつ時間を持て余すようになってきました。十代の頃から、遊ぶことよりも働くことで充実感を得てきた私にとって、何もせずに休むということは自分の世界が閉ざされていくような恐怖にも似た感覚があり、外の空気が吸いたいと、居ても立ってもいられなくなってしまいました。

ふと誘われるように姉のお店に顔を出すと、昔からのなじみの方たちも多く、東京に行く前に時間が引き戻されたような感覚になりました。中には私が歌手になるために東京に出ていったことを知っている人もいましたが、そのことをあえて持ち出してくるような人はいませんでした。

「今、何しているの？」

「特に何も……。フリーかな」

そんな返事を何人かとしているうちに、うちで働かないかと声をかけられるようになりました。でも体力がやっと回復してきたばかりだったので、お酒のお付き合いもしなければならない仕事は体に負担もかかります。まだ本格的に働くつもりはないから……と断っていると、「じゃあ、歌ってよ」と言われ、歌手として再出発することになりました。

やはり私にとっては、歌こそが生きがいでした。私に歌ってほしいと言ってくれる人がいる。歌える場所がある。聞いてくれるお客様がいる。それだけで十分に幸せであることを、改めて実感することができました。

スナックを開き、姉と共同経営

しばらくして、歓楽街の中心地のビルの地下に良い空き物件が出たという話を耳にしました。知り合いから「見てみない?」と声をかけられて、何となく興味を持って足を運んでみました。

そのビルは最寄り駅から近く、人通りも多いという好立地です。地下といっても螺旋階段を下っていく造りになっていて、地下に降りるという閉塞感がなく、一見さんでも足を踏み入れやすい構造になっています。

フロアには何軒かのスナックやバーが入っており、一軒が空き店舗になっていました。ガランとした店内でしたが、その空間を眺めているだけで、壁の色や照明の位置、椅子のデザインなど、どんどんとお店のイメージが広がっていきます。

カウンターに座る人数も数人、フロアはテーブル席を一つ二つ置けばいっぱいになってしまうほどのスペースでしたが、それくらいの規模のほうがお客様一人ひとりに目が届き、丁寧なサービスができます。

そのときまではまったくお店を持ちたいとは考えていなかったのですが、一目見て、すぐに気に入ってしまいました。私がやるにはこれくらいがちょうどいいとも感じました。

思い描くだけでワクワクして楽しかったのですが、できればこのイメージを実現したいという気持ちになっていきました。

しかし、東京では引っ越しや生活費に加え、病気での手術や入院費、療養などもあって、手元にはほとんどお金はありません。でも母に相談すると、私が働きはじめたときからコツコツと積み立ててくれていたお金があると言ってくれました。

さらに、知り合いの中にも援助を申し出てくれる人もいて、予想外に早くまとまったお金を用意することができました。

すぐに契約を済ませ、店舗の改装をスタートしました。

私はモノトーンのお店をイメージし、天井や壁は白と黒で統一しました。立木義浩さんの陰影ある写真を飾り、シックな雰囲気のお店に統一しました。

姉も私も背が高いので、お客様を見下ろすことのないようにとカウンターの内側を一段低くしたのも工夫です。カウンター十席と、ボックス席を一つ作りました。

店名は『サンマリノ』にしました。東京にいるとき、新宿の街を歩いていると、『サンマリノ』という名前の喫茶店を見つけたことがあります。かわいい名前だなど思って調べてみると、世界でも十本の指に入るほど小さな国の一つに「サンマリノ」がありました。

そのときなんの理由もなく、自分がもしお店を開くことがあったら、『サンマリノ』と名付けたいなぁと思ったのです。小さなお店でも、そこの一国一城の主になれたら素敵だなと、小さいけれど、独立した国というイメージが『サンマリノ』という名にぴったりだったのです。

お店は姉と私の共同経営という形にし、お店の「ママ」は姉にお願いしました。年上の姉の顔を立てたということもありますが、やはり圧倒的なその美貌を生かさない手はありません。相変わらず美しい姉は、いつまでもあこがれの存在であり、新しいお店でもきっと多くのお客様を引き付けてくれるに違いないのです。

私はお店の経営方針を考えたり、そのための交渉事をこなしたりするのが好きなので、裏方に徹したかったということもあります。それでも、狭い業界ですので、私がいろいろと動きまわると、「ユリがお店を開く」という情報が知れ渡り、このエリアで最年少のママと話題になりました。

スタッフには、落ち着いた雰囲気の男性バーテンダーと、接客をしてもらう若い女の子数人を雇いました。

開店すると、予想以上にお客さんがやってきました。姉が働いていたお店のなじみ客や、私が歌っていたお店からもこぞってファンが押し寄せ、開店早々からすぐに狭いお店に入りきれないほどの状態になりました。

席が空くのを待つお客さんが廊下にあふれるほどでしたが、隣のスナックのママと相談し、そのお店で待ってもらうことにしました。隣のスナックは、母子で経営していましたが、毎日ほとんどがらがらの状態だったので、『サンマリノ』のおかげでお客様が入るようになり、とても喜んでいました。

若い人たちや一見さんのお客さんも増え、『サンマリノ』は常に満席のような状態で、経営は順調でした。

そんなある日、いつものように開店の準備をしていると、常連客といっていい女性が突然やってきて、「折り入って話がしたい」と言いました。

「私、このお店、内装も雰囲気もとても気に入ってしまったの。譲っていただけないかしら」

その女性からの唐突な申し出に、私たちは顔を見合わせました。

お店を開いて半年ほどが経ち、常連のお客さんも増えてきて、経営はすこぶる順調です。毎日がとても充実していましたから、お店を手放すなんてまったく考えられません。

譲渡を持ちかけてきた女性は、美容院をいくつか経営しているやり手の経営者らしく、きっぱりと断る私たちにもひるむことなく、粘り強く交渉してきます。

「このお店、開くのにいくらかかったのかしら」

「三百万円くらいです」

「わかったわ。じゃあ、倍に色を付けて、七百万円でどうかしら」

当時としては、私たちにとって、驚くべきほどの金額です。

それほどのお金があれば、新しい何かができるのではないか、まだ若い私たちだからこそ、このお店に縛られずに何かができるのではないか。

また、それほどのお金を出してでも、このお店を譲ってほしいという彼女の気迫と熱意に圧倒されたこともあり、私たちは話し合ってお店を手放すことにしました。

東京で歌手になることはできなかったけれど、まだ二十代前半だった私には、まだまだこれからどんなことでもできるだろうと信じることができました。

ささやかな人生の休日

私たちがお店を開いていたエリアは、市内で最もにぎわっている歓楽街でした。何百店もの飲食店がひしめき合っていましたが、あの店のオーナーが変わった、あの店がつぶれたと、ささいな情報が不思議なほどあっという間に広まります。今でいうSNSのように、このエリアで働いている者たちは目に見えないネットワークでつながっており、情報という情報は口コミであっという間に広がり、そして一度広がった情報は回収不可能となってしまうのです。

私たちが『サンマリノ』を売ったこともまたたく間に知れ渡り、みんなが私たち姉妹の今後の動向を注目していました。

新たなお店を開くのであれば、手ごわいライバルになるのではないか。

他のお店で働くのであれば、スカウトするチャンスが巡ってくる。

そんな思惑があちらこちらにあることに気づきつつも、『サンマリノ』での多忙な日々から解放されて、私たちはしばらくの間、自由を謳歌しました。予想外のお金が入ったことも、これまでの慌ただしかった日々へのご褒美のようで、私たちはさまざまな土地を旅しました。

なかでも姉と私がいちばん気に入ったのが神戸でした。

私たち二人は、身長もさることながら、足のサイズも大きく、市販の靴ではなかなか合うものがありません。ドレスを着る機会が多かったのでハイヒールは必需品でしたが、色やデザインが似たようなものしかなく、地元ではお気に入りのものが手に入れられなかったのです。

しかし、神戸の街には輸入品を扱う店が数多くありました。私たちのサイズに合う華やかで高級感のある靴をたくさん見つけることができました。

神戸牛のおいしさにも魅了されました。高級焼肉店はもちろんのこと、普通の街の小さな洋食店でもステーキやハンバーグがとても美味しく、一気に神戸のファンになりました。

一九七二（昭和四十七）年に山陽新幹線が開通すると、私たちは時間を見つけては新幹線に飛び乗り、大好きな神戸の街に行き、買い物や食事を楽しみました。姉と二人、時には母や姉の子どもと一緒に歩く神戸の街は、私たちを異世界へと誘ってくれるようでした。

今振り返れば、将来へなんの不安もなく、私たち家族にとって一番幸せだった時期のように思えます。


そんな自由な日々の中、先に行動を起こしたのは姉でした。

もともとまじめで堅実なのに加え、シングルマザーとして子どもを育てる責任が、姉を突き動かしたのでしょう。

「ユリちゃん、いつまでもこんなことしていても仕方ないよ。お姉ちゃん、またお店に出ようと思う」

働くなら、姉にとってはやはり夜の仕事が最適でした。二十代半ばを過ぎて、ますます女らしさに磨きがかかり、その美しさは多くの人の目を奪います。まだ二歳の息子と昼間の時間を過ごすことができ、夜は両親に預けて出かけることができます。金銭的にも十分な収入が得られることから、シングルマザーとしては、その選択がいちばんだと思われました。

「そうだね。私も考えるよ」

私も姉と一緒にお店に出ようかとも考えましたが、心のどこかに「歌」をあきらめきれない気持ちもありました。また東京に出て歌手としてデビューしようとは思いませんが、みんなの前で歌い、喜んでもらうことの魅力は、何物にも代えがたいものがあります。歌手として雇ってくれるところはないかと考えながら日々を漫然と過ごしていました。

恩人ともいうべき女性との出会い

人と人が出会うこと――それは人生の中で頻繁に起こることです。でも、出会った相手と、自分がその後どう関わっていくかは自分次第、定められた運命ではないはずです。

それでもやはりその出会いによって人生が翻弄させられるのは、定められた運命によるものなのでしょうか。

二十二歳のとき、私の恩人ともいうべき一人の女性との出会いがありました。彼女はこれまで出会った誰よりも私を愛し、一人の女として成長させてくれました。

私の人生に大きな影響を与えた女性は、山崎久美子さんといいます。あるクラブで歌っていたときのこと、一人の男性から声をかけられ、名刺を渡されました。この地域の人間なら誰でも知っている高級レストランのオーナーでした。

「君を一目で気に入ってね。私の妹に会わせたいのだが、一度、一緒に食事でもどうだろう。うちのレストランに遊びにおいで」

これからどんな道に進もうか考えていた時期でしたから、一筋の光が見えた思いがしました。やはり自分が動き出すことでまわりも動き出す。迷いの中でもんもんとしていた私でしたが、たぶんこのときが動き出すのにちょうどよいタイミングだったのでしょう。

その数日後、私は姉と一緒に、そのオーナーが経営する高級レストランへ足を運びました。案内されたテーブルに着くと、オーナーの隣に、なんともいえないオーラのある女性が座っていました。

私はその顔を見てハッとしました。このあたりでは知らない人がいないほど有名な女性実業家で、とりわけ女性に多大な影響力を持っている方です。直接お目にかかったことはありませんでしたが、雑誌のインタビュー記事などを目にして記憶に刻まれていました。

その人こそが、山崎久美子さんです。

初めて会う久美子さんは、私よりかなり年上に見えました。頭のてっぺんからつま先まで装いに隙がなく、堂々としています。ビジネスの世界の荒波をくぐり抜け、成功を勝ち取った者だけに漂う自信とゆとりがにじみ出ています。

私は緊張しながら、久美子さんと向き合いました。

「兄からあなたのことを聞いたの。とても素敵な子がいるって」

そう言って私の顔をじっと見つめ、一度視線を下げると、再び目を合わせてニコリと笑いました。

「気に入ったわ。私のお店にいらっしゃい」

私は久美子さんが経営しているのがどのようなお店か知りませんでしたが、彼女のオーラに惹きつけられ、直感で、彼女のそばで働きたいと思いました。この人にならついていきたい、そう思わせる魅力が久美子さんにはありました。

この出会いが、自分の何かを変えてくれるかもしれないと、なんとなくそんな予感もありました。ですから自然と「はい」と答えていました。

驚いたことに、久美子さんは私に十分な支度金を用意してくれたばかりか、お給料も大企業の部長クラスの金額を提示してくださいました。

まだ二十二歳の私に何を期待されているのか、そのときの私にはわかりませんでしたが、久美子さんからは何か強い思いのようなものが伝わってきました。

最高級の環境で立ち居振る舞いを学ぶ

ここで働くようにと言われたお店は『ＫＵＭＩＮ』でした。久美子さんは料亭などいくつかの飲食店を経営していましたが、久美子さん自身の名前をとった『ＫＵＭＩＮ』には特に情熱を注ぎ、大切にしているようでした。

この界隈では最高級の内装を施し、とてもゴージャスなクラブでした。働いているスタッフは男性も女性も美しい人ばかりで、身のこなしも洗練されています。座席数は二十人程度でしたから、それほど大きなお店ではありませんが、重厚で格式の高さをうかがわせる独特な空気があります。私がそれまで働いてきたお店とは格が違うことがすぐにわかりました。

私にとって喜ばしかったのは、店内にエレクトーンがあったことです。この店でもまた歌えることが、この上なく幸せだと感じました。この華やかな夜の世界で歌っている自分を思い描き、この場所こそが自分の求めていたところで、ようやく辿り着けたような気持ちになりました。

『ＫＵＭＩＮ』は会員制で、お客様は政治家や財界人、芸能関係者やプロスポーツ選手など、いわゆるハイクラスの方たちばかりです。能力が高く、知的で、話題も豊富な方たちですから、この店で働く女性たちにはそうした方たちの話し相手になれるよう自己研鑽することが求められます。

私自身も、歌うだけではなく、お客様の話に相づちを打てるくらいにならなくてはと身を引き締め、以前はほとんど関心のなかった社会情勢や経済の動きなどを勉強するために、新聞を隅から隅まで読むようになりました。

「君は若いのによく勉強しているね。どこの大学を出たの？」

お客様からそう聞かれたときは、とてもうれしく思いました。学歴はなくても、社会的に地位のある方にそう言っていただけた自分を誇らしく感じることができました。

環境は、人を変えます。私はこのお店で初めて、本当の意味での一流というものに触れることができたのです。それによって私の意識も大きく変わることになりました。

久美子さんはそうして努力する私の姿を、ちゃんと見ていてくださいました。そしてある決意を固めたようでした。

それは、私を自身の後継者として育てようと決めてくれたのです。

あるとき、久美子さんの事務所に呼ばれ、明日からゴルフのレッスンを受けるようにと命じられました。すでにゴルフスクールへの契約も済ませ、レッスン料も支払ってあるといいます。

私は翌日から、お昼前にゴルフスクールに行き、その後ハイヤーに乗ってゴルフ場に向かい、レッスンプロからマンツーマンの指導を受けるという日々を繰り返しました。まるでプロゴルファーを目指すような厳しいレッスンでしたが、おかげでみるみる腕を上げることができました。

夕方には一度家に戻り、ドレスや靴などの衣装を持って『ＫＵＭＩＮ』に出勤し、歌を歌い、接客をするという、気の休まることのない忙しい日々でしたが、心も体もとても充実していました。

当時は、ある程度の社会的地位を得ている男性は、ほとんどがゴルフを趣味にしていました。お酒の席でもゴルフの話になることが多く、そんな話題にもついていけるようになりました。

久美子さんも、当時の女性としては珍しくゴルフをたしなみ、その腕前は男性に引けを取りませんでした。関西の超一流と言われている名門ゴルフ場の唯一の女性会員にもなっていました。

久美子さんはお客さんとゴルフを楽しむときに、私も同行させるようになりました。さすがにレベルが違いすぎて一緒にプレイすることはできませんでしたが、お客様たちと一緒にコースを回って、いろいろとおしゃべりをすることも勉強だと言われました。

有名な文筆家や経済界の重鎮など、本来ならお会いすることも叶わないだろう方々に同行させていただいたこともあります。伊勢・志摩まで足を延ばしてホテルに一泊し、温泉や食事をご一緒させていただきながらゴルフを楽しんだこともあります。

宿泊するホテルも、食事をするレストランも、ゴルフ場も、すべてが一流です。そのような場所ではどのような言葉遣いをしてどのような振る舞いをするか。これは言葉などで教えられるものではなく、実際に他の人たちの振る舞いを見て真似をして、ようやく学べるものなのです。私は久美子さんのおかげでそうした一流の立ち居振る舞いを、身をもって学ばせていただきました。

私のゴルフの腕も上達し、コースに出てプレイすることが楽しくなった頃、久美子さんが会員となっているゴルフ場で国際的なトーナメントが開催されることになりました。日本のトッププロはもちろんのこと、テレビでしか見たことのない有名な外国人選手が数多く参加して、テレビ放映されるほど大きな大会です。

私も会場スタッフとしてピーター・トムソン選手のサポートをさせていただい

たことは、思い出に残る出来事の一つです。

大事にされるほど、縛られていく恐怖感

久美子さんは海外に行くと、イヤリングなどのアクセサリーや時計など、必ずといっていいほど私にお土産を買ってきてくれたり、大切なお客様との会食に同行させてくれたりと、本当にかわいがっていただきました。

久美子さんには子どもがいなかったので、私を実の娘に見立てて後継者に育てようという思惑もあったようですが、そこに、私自身の思いと微妙にズレが生じはじめます。

久美子さんに可愛がられ、大事にされればされるほど、恵まれた環境、守られた環境が整えば整うほど、私はこの人から自由になれないのではないか、がんじがらめに縛られていくのではないか……という恐怖にも似た感覚に襲われるようになってしまったのです。

選ばれた人、限られた人しか入ることのできない会員制のクラブというのも、三年ほどの時が経過すれば、いつもの見慣れたお客様ばかりで、刺激を失っていきました。大好きな歌を歌うときも、十数名のお客様だけを相手に歌うことへの物足りなさを感じて、満ち足りた毎日であったはずが、いつのまにか鬱々とした日々へと変わっていってしまったのです。

私はどうしたらいいのだろう……。

この世界には、不思議な引き寄せの力があるようです。その頃から、他店のスカウトの何人かから声をかけられることが増えてきました。

十代の頃、姉妹をこの業界に導いてくれた人にも偶然お店で遭遇。私が別名で働いていたこともあって、会ったときにはとても驚かれましたが、私を他のお店に誘ってくれました。そんなスカウトのお話がいくつかあったなかで、以前から顔見知りだったあるお店のマネージャーから声をかけられました。

「うちの店、見てみない？」

私も限界を感じていたところでしたので、心が動きました。

案内されたのは、『ＫＵＭＩＮ』とはまた雰囲気の異なるお店でした。どちらのお店も高級感では引けを取らないものの、『ＫＵＭＩＮ』のような格式ではなく華やかさがあるお店でした。フロアのスペースも広く、八十人から九十人程度のお客様が入れそうです。

何よりもフロアの真ん中にあるグランドピアノに目が引かれました。ここならあの素晴らしいピアノの演奏で、たくさんの人たちに歌を聞いてもらえる。そのことがそのときの私にとって、いちばんの幸せを感じられる環境だったのです。

この世界では、女性が働くお店を変えることは珍しいことではありません。ただ、勤めていたお店を辞めるためには、きちんと話をして、相手に納得をしてもらわなければなりません。後ろ足で砂をかけるような去り方をすれば禍根を残し、この世界にいられなくなるからです。

私は覚悟を決めて、久美子さんの事務所に行きました。

「久美子さん、ごめんなさい。私はもうここにはいられません。お店を辞めさせてください」

久美子さんは驚いた表情をしながらも、最近の私の様子からもしかしたら心の内ではわかっていたのかもしれません。優しい言葉で私に問いかけました。

「なぜかしら。あなたのことは特別だと思って、とても大切にしてきたつもりだったのに」

「わかっています。でも、私はもっと広い世界で生きたいのです」

「ここでは不満だということ？」

「けっしてそんな意味ではありません。でも、もっとたくさんの人に私の歌を聞いてほしい。その思いが、もう抑えきれないのです」

久美子さんはあきらめたように悲しい顔をして言いました。

「わかったわ。あなたの思うように生きなさい」

私は契約金としていただいた百万円に、ゴルフスクールのレッスン料や旅行に連れて行ってもらった費用を加味して、テーブルに二百万円の現金を置いてその場を後にしました。久美子さんにとってはそんなお金ははした金でしょう。でも私にとっては久美子さんへの精一杯の感謝の気持ちだったのです。

私はこうして黄金に輝くゴージャスな鳥の籠を飛び出して、未知なる扉を開き、また新しい道を模索し始めたのです。

懐かしい再会……「君の歌を残したい」

それからの私は、いくつかの店で、再び歌手としてステージに立ちました。特定のお店の従業員として働きながら歌も歌うというスタイルではなく、「フリーの歌手」としてさまざまなお店から声をかけていただくスタイルは、私にとって刺激が多く、楽しい働き方でした。

そのお店の雰囲気や客層、その日のお客さんに合わせて歌う曲を変えたりアレンジしたりして、演出力も磨きました。ファンになってくれるお客様が増えればお店の売り上げにもつながり、お店の評価が高くなると嬉しい限りでした。

素晴らしい伴奏者と巡り合い、一流ホテルなどを中心に活動をしていた時期も長くあり、ホテルのバーなどで歌う機会も増えてきました。

私が懇意にしていたクラブでは、人気プロゴルファーのジャンボ尾崎さんがメンバーズクラブの一員でよく来店していました。よく私のステージが終わると、ジャンボ尾崎さんは店にあったギターを手にして、「一番好きな歌だ」と言って、グラシェラ・スサーナの『アドロ・サバの女王』を歌いました。

陽気なイメージのあるジャンボ尾崎さんですが、低音で口ずさむ優しいグラシェラ・スサーナのメロディーは、心を震わせるような悲哀が伝わってきました。

そして最後に、もう一曲、お気に入りだという二葉あき子さんの『さよならルンバ』を歌う姿にも心を打たれました。

歌に込められた思い。そこには他の誰にもわからない、その人だけの悲しみや思いが隠されているのではないかと、ジャンボ尾崎さんの歌う姿を見て思いました。男の哀愁を歌声から感じました。

これまであまり心に留めなかった曲でしたが、彼が歌に込めた思いが心にまで響いたような気がして、この歌がとても気に入って、私もステージでのラストの曲に『さよならルンバ』を歌うようになりました。

ステージで歌っているときに、ふと、東京での日々を思い出すことがありました。歌手としてデビューするチャンスを自ら手放してしまったあの日。もし私がもう一つの道を選んでいたら、今どうなっていたのかと想像することもあります。後悔をしていないと言えば、やっぱりウソになるのです。

そんな思いを抱えていたある日、私は駅のホームの売店で売られていた週刊ゴルフダイジェストを何気なく購入しました。久美子さんからゴルフを叩き込まれたおかげで、今でもお客様のお付き合いでコースに出ることがあり、すっかり趣味として定着していたからです。

パラパラとページをめくっていると、ある記事にふと目が留まりました。懐かしい人。私を認めてくれた人。作曲家の原田こうじ先生のインタビュー記事が掲載されていたのです。

あの頃はゴルフにまったく興味がなかったので気にもしていませんでしたが、そういえば原田先生もよくゴルフの話をしていたことを思い出しました。記事を読むと、今でも月に一、二回はコースに出ているとあります。

私は原田先生を懐かしく思い出し、とても会いたくなりました。でも、今となってはどのように連絡を取っていいのか、あの頃の名刺や連絡先を書いたノートなどはすべて処分してしまっています。

でも、どうしても連絡したい、その節はありがとうございましたというお礼の手紙を送りたいという思いに駆られ、「そうだ！」と私はひらめいて、後ろのページに載っていたゴルフダイジェストの編集部の電話番号を確認し、自宅に戻って急いで電話をかけました。

「今、発売中のゴルフダイジェストの記事に載っている原田先生に、以前お世話になったものです。ご連絡先を教えていただけないでしょうか」

お願いすると、担当者に替わり、連絡先として事務所の住所を教えていただきました。私はあのときの無礼を詫び、思いを込めた手紙をつづり、その住所に送りました。

すると一週間ほどして原田先生から一通の手紙が届きました。便箋を開くと、そこには懐かしいクセのある字で、私がデビュー曲として歌うはずだった『孤独な女』の詩が書いてあり「覚えていますか……」という文字が添えられていました。私は封印したはずの詩を見た途端、胸がいっぱいになり、涙があふれ、もう手紙の文字さえ見えなくなってしまいました。

そして二通目にきた手紙には、「君に会いたい」とつづられており、五月二十五日、東京駅十二時三十分、ホームで待ちますと書かれたメモが入っていました。

今のように、スマートフォンや携帯電話で直接相手と連絡が取れるような時代ではありません。彼が何を考えているのかを尋ねることもできません。私はただ指定された日、指定された列車番号の新幹線に飛び乗りました。

十二時三十分。予定通りに東京駅に到着し、ホームに降り立ちました。

すると人ごみの中から一人、降り口に向かう人波に逆らうように、中年の男性がこちらに向かって歩いてくる姿が目に留まりました。手には丸められた週刊誌が一冊だけ。その身軽さが、旅行客の多い新幹線のホームではひときわ異質に感じられました。

身長の高い私は、人ごみの中でもいつも目立ってしまいます。すぐに私を見つけた原田先生は、私から視線を外さず、丸めた週刊誌で合図をしながら、まっすぐ私に向かって歩いてきます。

私もその視線を受け止め、じっと立ったまま先生が来るのを待っていました。なぜだかわかりませんが、自分から歩み寄ることはしたくなかったのです。わざわざ東京まで出てきたのは自分なのに、先生を前にしてすり寄るような真似だけはしたくないと思ったのは、わずかに残っていたプライドでしょうか。

私たちは東京駅を出て、八重洲地下街にある和食料理店の『けやき』に入りました。入る前に先生は、知っている人がいないか、店の中を確認しました。先生はビールを注文しました。先生は以前から食道楽でよく赤坂の料理屋などに連れて行ってもらったことがありました。私がビール好きであることを今でも覚えてくれていたのです。

先生は飲めないのに私のグラスにビールをついでくれ、先生も自分のコップにビールをつぎました。再会を祝してグラスを合わせ、先生はそのビールを一気に飲み干しました。

あのときからすでに二十年の歳月が流れていました。それでも原田先生は私を見つめ、言いました。

「変わっていないなぁ。相変わらず、君には他の女性にない輝きがある」

「先生、何をおっしゃっているんですか。もう、あの頃のような若さはありませんよ」

「うん、それがまた女っぽくっていいんじゃない。君があのとき逃げ出さなければ、今頃は大スターになっていたはずだよ」

「そうでしょうか……」

「私の目は確かだよ。でも、今の君もとても魅力的だ。君の歌を残したい。もう一度歌いなさい」

先生は私の目をじっと見つめ、言いました。

私は先生の強い思いに心を打たれ、もう一度あちらの世界に行こうかと迷いました。でも……。

「待って！　待ってください……。三年、三年だけ待ってください」

「三年？　どうしてなの」

「今、いろいろと事情がありまして。でもきっと、先生のもとに戻ります」

「わかった。約束だよ。連絡を待っているからね」

結局、五時間半くらい、実にさまざまな話をしました。二十年間の空白を埋めるように、互いの思いを伝えあいました。

『けやき』を出た私たちは新幹線のホームまで一緒にやってきて、先生はのぞみが動き出すまでじっと見送ってくれました。

そのとき、私にはある事情があり、自由の身ではなかったのです。思わず言ってしまった「三年後」という言葉に、ウソはなかった。でも私はその約束を果たせぬままに時が流れていきました。

原田先生と東京駅で別れて三年後、先生は『雨の別れ橋』という歌を作りました。これを人気の高いベテランの男性歌手が歌いました。

四年目に流れた『雨の別れ橋』を聞いた途端、体中に戦慄が走りました。

再会のとき、「君の歌を残したい」と言った言葉……。

私が「三年待ってください」と答えた言葉……。

先生はきっと、三年待っても来ない連絡に、訣別の思いを歌詞に込めたのでしょう。命おぼろで、限りある命……。永遠の別れ……。

私はすべてを意識しての先生からのメッセージと受け止めました。

この世界でたった一人、私だけが感じることができた先生からの別れのメッセージ。この歌が、人生の一つの区切りとなりました。

第二部　悪行の罠

第四章　地獄への入り口

ある男にしつこくつきまとわれる

出会い、再会、別れ。
思い出の歌が運命を変えた。
あの歌さえ歌っていなければ……。
一枚のＣＤが悲劇の入り口になろうとは……。
暗闇の長いトンネル。
灯りが見えたかと思えば、それは幻だった。
果てしない長い旅。
歌は三分間のドラマ。魂の叫びを歌う。

苦しみを勇気に変えて、悲しみを希望に変えて――。

もしもあのとき、ああしていれば……という後悔は、人生を長く生きていれば誰もが何度かは経験するものでしょう。でも私にとっての〝あのときの後悔〟は、過去を振り返って懐かしく思うものではなく、今もまだ続く苦しみの出発点ともいえるのです。

それは一枚のCDから生まれた悲劇の人生――。

悪魔の羨望、ねたみ……。その恐ろしい現実に、私は地獄を見ました。いえ、その地獄は今もなお、この身にまとわりついているのです。

私がこの地獄を告発するためには、一人の男との出会いの話から始めなければなりません。一人の男とは我が夫、隆弘のことです。

隆弘との出会いを語るには、時を四十年以上さかのぼらなければなりません。私が東京から地元に戻り、フリーの歌手として再出発して、しばらく経ってからのことです。

私も三十三歳を迎えた頃でしたので、当時としてはすでに結婚して子どもが何人かいてもおかしくないような年齢でした。

しかし、もともと恋愛にあまり関心がなかったのに加え、夜の世界で色恋の悲劇をいろいろと見てきたこともあり、結婚はほとんど考えたことがなく、心底惚れた男性と出会うこともありませんでした。

むしろ歌手としてステージに立ち、たくさんの人に歌を聞いてもらえる時間が楽しく、このまま一人で生きていくことに迷いも不安も感じていませんでした。

その当時は母や姉たちと一緒に暮らしていたため、しっかり者の二人が私の財布のひもを締めてくれていて、一人で生きていくのに十分なお金も貯めることができていました。

いくつかのお店のステージを掛け持ちしていた私は、最後の仕事が終わると、姉が働く高級クラブに立ち寄って、一緒に帰ることがよくありました。そのほうがタクシー代の節約になるからと、倹約家の姉から言われていたためです。

あるとき、仕事が早めに終わり姉の店に寄ると、いつもよりも混んでいたこともあり、姉はまだしばらくは帰れそうにありませんでした。なじみのお店なので、私は一人でカウンターに座ってグラスを傾けていました。

そこにいたのが、隆弘です。知り合いに誘われて初めて来たそうです。

私は彼の印象はまったくありませんでしたが、彼は私を気に入ったらしく、その後も姉のお店に通い続け、私が立ち寄ると、私だけをじっと見ているのです。その視線の強さは背筋を冷たくするものでした。

何回も声をかけられ、そのたびに無視をしていると、次第に態度が強硬になってきました。姉と一緒にお店を出てタクシーに乗り込もうとしたとき、するりと私たちと一緒に後部シートに滑り込んできました。

「何をするんですか！」

「送ってあげるよ。タクシー代払うからさ」

「いえ、けっこうです！」

強い言葉で拒否しても、車から降りようとしません。お店の近くでお客さんと揉めるのも嫌なので、仕方なくそのままタクシーを走らせました。自宅を知られるのが嫌だったので、家から少し離れた場所で降りると、彼はそのままタクシーに乗っていってくれたのでほっと安堵しました。

ところが数日後、深夜に私たちが帰宅すると、家の前に隆弘が立っていました。その姿を見て、私は首筋にナイフを当てられたような、背筋が凍るような怖さを感じました。

「なぜ、ここに……」

振り絞るような声で尋ねました。

「いや、家はどのへんかなぁと思ってね。この間、タクシーを降りてついていったんだよ」

隆弘は悪びれることなく言います。そこが彼の怖さ。自分の思いだけで行動し、相手の気持ちなど関係ないのです。

「とにかく帰ってください！」

私は声を荒らげ、玄関の前に立っている隆弘を押しのけ、姉と一緒に家に入りました。

「どうしたの？」

外で声がしたのが心配になって、母が廊下に立っていました。

「何でもない。大丈夫」

私は姉に黙っているようにと目配せして、リビングへと向かいました。しかし心のざわつきはいつまで経っても納まることはありませんでした。

母が気に入り、結婚することに

その後は、自宅の前に張り付いて、私の帰りを待っているようになりました。さすがに毎日とは言わないまでも、週に二、三回、夜遅くまで、私の家の前の道路に立っていました。私が「来ないで！」と言っても、冷たく突き放しても、平然として態度を変えません。

この執拗さはいったいどこから来るのでしょう。一度この女を落とすと思ったら、どんな苦労も厭わない。むしろ苦難があればあるほど、自分の愛情が強いと思い込んで引き下がろうとしない。独占欲が強く、他人に奪われることを許さない。この男はまるで姉のパートナーのようだと思い当たりました。

ストーカーまがいの行為は、こうして四か月、五か月と続きましたが、隆弘はまったくあきらめるそぶりもありません。

そして季節は冬へと移り替わり、ある寒い夜のことです。隆弘はその日も玄関先の道路脇に立っていました。

それを見かねたのは母でした。あまりにも気の毒だと家に招き入れ、温かいご飯を食べさせていたのです。

そこに私は戻ってきて、思わず悲鳴を上げそうになったほどです。

「お母さん、なぜこの人が家にいるの？」

「だって、ずっと外に立っていてかわいそうなんだもの。ご近所さんの目もあるし……」

母はそう言いながらも、なんとなく嬉しそうな様子です。

隆弘の長所と言えば、人当たりが良く、口が上手いところでしょう。すっかり母を言いくるめ、味方につけてしまいました。

母も口車に乗せられて、すっかり隆弘を気に入ってしまったようです。そして、隆弘に何を吹き込まれたのか、「三十歳を過ぎて結婚しないと行き遅れる」「独身のまま年を取ったら、老後はこんな寂しいことはない」「好いてくれる男と結婚するのが幸せだ」などと私に詰め寄ってきたのです。

そして隆弘が来るとすぐに家にあげてしまうものですから、隆弘も家族同然のような顔をして居座るようになりました。

私たち家族の楽しみは、休日にみんなで日帰り温泉に行くことでした。それを知った隆弘は、私だけでなく母や姉親子を連れて温泉に出かけたり、男手のない家の大工仕事などを引き受けたりします。

そんな日々が当たり前のようになると、私の心も少しずつ動いていきました。

これまで苦労をかけた母のため、母が喜ぶのであればと思い、私は隆弘と結婚することとなりました。

それが私の人生が破滅へと向かう一歩だとも気づかずに……。

子どもが生まれても仕事をしない夫

〝髪結いの亭主〟という言葉があるように、しっかり稼ぐ女には、なぜか自堕落な男がまとわりつくのが世の常のようです。そして口の上手い男ほど信用できないという先人の教えにもウソはありませんでした。

これまでも男女のさまざまな関係をたくさん見てきたはずなのに、それを教訓にできなかったことは、とても悔しく、腹立たしいかぎりです。

工場でアルバイト勤めをしていた隆弘は、我が家に転がり込んでからは、どっぷりヒモ生活でした。私をストーカーしていたために、そのアルバイト先にも行かなくなっていたのです。一度、アルバイト先の社長が訪ねてきましたが、その話を聞いてもやはり隆弘はとんでもない男だと思いました。

それでも私は三十四歳のときに息子を出産しました。妊娠中は順調でしたが、いざ出産となったときにへその緒が赤ちゃんの首に巻き付いてしまい、緊急の帝王切開となりました。子どもが元気で生まれてきたときには、神様に感謝しました。

子ができ、父親となっても隆弘は相変わらずの甲斐性なしで、フリーターのようにたまに仕事をしては辞めて、またフラフラとしています。父親となった自覚などほとんどありません。

でも私はシングルマザーとして子どもを育てる姉の姿をずっと見てきましたから、この子だけはしっかりと育てなければいけないと思うと、働くことは苦になりませんでした。

実家を出てマンション住まいになり、夜は母に子どもを預けて働きました。ホステスをしながら、リクエストがあれば歌も歌いました。好きな歌、流行歌などを歌っていましたが、マネージャーがいつもラストミュージックには『さよならルンバ』をかけてくれて、それが定番となっていました。

頼りにならない夫をもって、昼も夜も忙しく働く毎日のなかで、支えてくれるのは大好きな歌でした。以前からのお付き合いのあるお店からもしばしば声をかけていただき、ステージに立つことで、自分の人生の理不尽さを忘れようとしていたのかもしれません。
しばらくして隆弘は、自分で会社を興すと言い出しました。知り合いの伝手で、設備関係の会社にするからと私から資本金三百万円のお金を借りて有限会社を作りました。ちょうど息子が大学に合格して家を離れるタイミングでもあり、会社の事務所近くに住まいを移しました。このときは、これでどうにか夫も本腰を入れてくれることを期待しました。
会社は下請けでしたので、仕事をもらえる親会社との関係が大切でした。私が偶然、親会社の部長さんと知り合うことがあり、一目ぼれされてしまってからは、しつこく誘われるのも断れず、一緒に食事をしたり、接待で行った料理屋の女将さんも一緒にカラオケに行って、夜更けまでお付き合いしたこともありました、
私も夫のためと思って協力しましたが、本人はそんなことはどこ吹く風。自分がいちばんで努力もしないため、結局は会社もうまくいきませんでした。

一枚のＣＤが生んだ悲劇

そんなあるとき、ある出版社とレコード会社がタイアップして、「記念のＣＤを作りませんか」という企画がありました。それを見て私は、思い出の歌を残したいと思いました。

以前、原田先生と再会したときに、先生は「君の歌を残したい」と話していましたが、それを『雨の別れ橋』という歌にしてくださいました。その先生との運命の歌を収録したＣＤを作りました。

個人的なＣＤなので、友人や知人のスナックや居酒屋だけに配っていましたが、いつのまにか地元の有線で流れるようになりました。それでいろいろな居酒屋やスナックに顔を出しているうちに、住んでいる家の近くのカラオケ店にも行ったことが、悲劇の始まりとなりました。

最初、このカラオケ店には隆弘と一緒に行きました。そこでお店の女主人に私が歌っているＣＤについて話をしたことが地獄への入り口であったとは、そのとき誰が気づくことができたでしょうか。

その女主人――のちに私を死の直前に至らしめるまで恐怖に陥れた女は、名を明美と言いました。

明美は、私が「ＣＤを作って歌っている」という言葉を聞いて、私を歌好きな金持ちの奥様だとでも思ったようです。私は〝金づる〟になると目を付けられてしまったのです。

何も知らずに私たち夫婦は、その後も何度かそのカラオケ店に足を運びました。

ある日、私がジムの帰りに隆弘と店に寄ったときのことでした。明美は店にいた自分の息子に目で合図を送りました。それは「いつものようにヤレ！」という合図だったのだと思います。

私がトイレに立ったときに、ビールに睡眠薬を入れられました。私が席に戻ってビールを口にすると、いつの間にか眠ってしまっていました。

明美親子はその間に隆弘を二階の部屋に連れて行き、覚せい剤を打ち、性の奴隷にし、財布から有り金二十万円をすべてひったくったのです。

私は一階で二時間ほど眠らされ、気が付いたときにはみんな平然とその場にいました。そのときの出来事は、後に隆弘から聞いたことです。

このお店は、地元の港を巣窟にする、覚せい剤密売組織の隠れ家だったのです。一度、薬物に冒された体は、もう二度と元には戻りません。明美は覚醒剤とセックスで隆弘を奴隷のように操り、我が家から財産を吸い上げていきました。

隆弘の行動は徐々にエスカレートし、私の預金通帳と印鑑を持ち出して銀行でお金を引き出そうとしたり、私に殴る蹴るの暴行を繰り返し、キャッシュカードの暗証番号を聞き出したりします。それでもお金が足りず、借金を作ってきます。

若い頃から買い集めたお気に入りのアクセサリーや時計も、私が外出した隙を見計らって、ごっそりとどこかに持っていかれてしまいました。きっとお金に換えて、明美の元へと届けているのでしょう。

それからは外出するときは、大事なものはすべてトランクに詰めて鍵を閉めて、持ち出されないようにしました。

こんな家は出てしまおうかとも思いましたが、自分のお金で買ったマンションを自分が出て行ったら、隆弘と明美にいいようにされてしまうのではないかと恐ろしく、歯を食いしばってこの家にいようと決意するしかなかったのです。

もうひとつ、私の心にブレーキをかけたのは、隆弘の父親との約束でした。義父は社会的にも地位のある立派な人で、子どもの中でも隆弘だけがまっとうな道を歩んでいないことに心を痛めていました。そんな息子と私が結婚してくれたことをとても喜んでくれて、「隆弘を一人前にできるのはユリさんしかいない」と、生前、手を握って託されたのです。亡き義父との約束を思うと、簡単には縁を切ってはいけないと私を踏みとどまらせます。

では、この苦しい状況を打破するためにはどうしたらいいのでしょうか。

私は何度も警察に行き、夫から暴行を受けていると訴えました。ところが警察は、夫婦間の問題だからとまったく取り合ってくれません。

夫の暴力、すなわちＤＶ（ドメスティック・バイオレンス）が社会的に問題になり、法によって守られるようになったのはもう少し先のこと。『配偶者からの暴力の防止及び被害者の保護に関する法律』が施行されたのは二〇〇一（平成十三）年十月です。

それ以前は、警察も踏み込んだ対応をしてくれることはなく、救いの手を差し伸べてくれる人もいません。まさに泣き寝入りのような状況でした。

大学を卒業した息子は、東京に出て大手企業で数年間働いてから地元に戻り、良い配偶者にも恵まれて新しい家族を持ちました。このような親では迷惑をかけると思い、互いに距離をとっていました。それでも隆弘への疑惑から警察に朝まで拘束されたことが何度もあり、これでは仕事に支障をきたすと息子からは強く怒られました。

私たちは被害者であるはずなのに、どうしてこんな仕打ちを受けなければならないのでしょう。でも、今となっては私たちと関わりなく生きてくれることが救いです。

体調不良、入院、余命宣告……

長年の苦労が、徐々に私の体をむしばんでいくようでした――。

隆弘と暮らし続ける日々には大きな苦痛があり、こうした生活を続けることがストレスとなって体がついに悲鳴を上げ始めました。

六十代になると、不眠やだるさ、息切れなどの症状が日常的にあり、日々、体がむしばまれていくような感覚に陥っていきました。

それでもどうにか我慢に我慢を重ねていたある日のことでした。

「あなた、ちょっと顔色がおかしいわよ」

久しぶりに会った友人からそう言われ、病院へ行くようにと強く勧められました。体調の悪いのはいつものこと。慢性的な疲れがたまっているのだと思いましたが、友人の言葉に背中を押されて近所のクリニックへと足を運ぶと、黄疸が出ているといわれ、大学病院を紹介されました。

その病院は私の自宅マンションから徒歩数分の所にありました。通院するにも近いので便利と思い診察を受けましたが、検査をすると肝硬変でかなり病状が悪いと言われ、すぐに入院することになりました。

自宅に戻り、入院の準備をしていると、どこかから隆弘が戻ってきました。

「入院することになったの。しばらくかかりそうだから、あとのことはお願いね」

「ふーん」

すでに長年、覚せい剤によって心も体も冒されてしまった人間に、正常な反応など求められるはずもありません。うつろな目をした隆弘は、興味なさげにリビングのソファに座ると、テレビをつけました。

「まぁ、ゆっくり養生しろよ」

テレビの画面を見ながらそう言う隆弘の心の内には、どんな思いがあったのか、私には見抜くことはできませんでした。

こうして一人荷物を抱えて入院するまではどうにか自力でできたものの、病院という安全な場所に着いて、心の糸が切れてしまったのでしょうか。病状は悪化の一途をたどり、意識ももうろうとなってしまいました。

見舞いにも来なかった隆弘が呼ばれ、医師に言われたそうです。

「厳しいです。余命一週間。もっても一か月でしょう」

隆弘は私に会うこともせず、自宅マンションに戻りました。そこには明美が待っていました。

「あいつ、死ぬらしいぜ」

二人はリビングルームから私の病室の灯りを見て、私の余命一週間、せいぜい一か月と医師から宣告されたのを、嬉々として待っていたのでしょう。

「死ねば、このマンションも俺のものだしな。別れなかった甲斐があったよ」

明美は人をだまして多額の金を手にしたにもかかわらず、私が死ねばこのマンションも手に入ると、最高の気分で病室の窓灯りを見ていたのです。なんという悪魔でしょう。

さらに隆弘の耳元でこうささやきました。

「待って！　死んじゃうと銀行からお金が下ろせなくなっちゃう。せっかくだから、早めにお金、下ろしておこうよ」

その日、私は病院で生死をさまよい、意識も遠く離れ、危篤状態になりました。死が目前まで迫っていました。看護師さんが慌てて自宅に電話をしても、携帯に電話をしても、隆弘は出なかったと言います。きっと死にかけている私を想像しながら、覚醒剤とセックスにおぼれていたのでしょう。

こんな悪魔たちを好き勝手にさせたまま、私にだけ死を与えてしまう非情さは神様にはなかったようです。病院の必死な対応で私は死の淵から脱し、余命宣告もくつがえしました。そして二か月間の入院生活を経て、ようやく我が家に戻ることができたのです。

ですが、戻ったあとが悲惨でした。

部屋には隆弘の姿も、明美の姿もなく、荒れ放題。私が大切にしていたベランダのプランターや、食器棚のコーヒーカップのセット、部屋にあったスタンドなどが何もかもなくなっていました。

鍵をかけていた私の部屋はドアが壊され、押し入れの奥にしまっていたスーツケースが引っ張り出されています。頑丈な鍵が二つとも壊され、中の荷物がグチャグチャになっています。通帳と印鑑、クレジットカードなどがすべてなくなっていました。まさにハイエナの如く、他人の物を骨の髄までしゃぶったのです。私は呆然と立ちすくみました。

その後、銀行へ行って調べてもらうと、私が老後のために貯めていた一千万円が、入院していたわずか二か月の間に、数日おきに五十万円ずつカードで下ろされ、残高は半分の五百万円に減っていました。

「もうこいつらは人間ではない。最低！　最悪な人間のクズ！」と、怒りと悲しみしか湧いてきませんでした。

第五章　届かぬ叫び

刑事告訴しても動かない警察

このまま泣き寝入りなどするものか――。

私は意を決し、刑事告訴をすることにしました。告訴をすれば、明美だけではなく、共に覚醒剤に手を出している隆弘も逮捕されることは間違いありません。

しかし、このまま世間に隠れて違法な薬を打ち続けて、その先に待っているものは何でしょう。いつかは警察に捕まり、犯罪者となることは決まっています。

隆弘と何十年と向き合ってきましたが、私の力で覚醒剤をやめさせることはできません。それならば、国家の力で何とかしてもらうことが良い選択なのだと思わずにはいられませんでした。

刑事告訴を選んだのは、警察は告訴状を受理すれば、必ず調査を行わなければならないからです。私はこれまでも隆弘から暴行を受けて何度か警察に駆け込み、隆弘の薬物使用疑惑を警察官ににおわせましたが、まったく動くことはありませんでした。きちんと調査をすれば、明美や隆弘の悪行も必ず明らかになると信じていました。

私は弁護士に相談し、着々と刑事告訴の準備を進めました。告訴のための事実や証拠を集めるため、調査会社や探偵事務所などに相談し、依頼もしました。

隆弘や明美を尾行した結果、明美親子の隠れ家もわかりました。そこは私の家から歩いて十分ほどのところにあるマンションでした。表札にはあの親子の名前も、夫の名前もなく、まったく別の男の名前がありました。

週に何度かその部屋で二人は落ち合って、半日程度の時間を過ごしています。そのときに覚醒剤を打っているのでしょう。

私は隆弘に、「偽名でマンションを借りているのは、何か裏があるからでしょう」と言うと、

「その名前で麻薬のルートを探せば、警察のリストに載っているのになぁ」などとうそぶいていました。

しかし悪魔の申し子のような明美は、悪事を働くのは一枚も二枚も上手です。私がそうした動きをしていることを察知し、隆弘に証拠隠滅を指示したようです。

ある日、私のデジタルカメラに収めていた証拠写真がすべて消されていて、三か月間の努力が無駄になったこともありました。明美の命令で、隆弘は殴る蹴るの暴力を浴びせ、私の顔をボコボコにしました。そうすれば外に出られなくなって、勝手な行動をしなくなると思ったのでしょう。本当に悪魔のような人たちです。

それでも歯を食いしばり、証拠集めをして、弁護士さんと一緒に警察へ行き、告訴状を提出しました。そして明美と隆弘の悪行をすべて話しました。あとは警察が私の話が真実であると裏をとればよいことです。銀行、税務署など、防犯カメラを調べればすべて判明します。

しかしどんな証拠も、事実も、警察が動かなければ裏付けはできません。そう、警察はほとんど動くことをせず、証拠を認めなかったのです。

刑事告訴して以来、私は何度も警察に呼ばれ、六時間も七時間も狭い部屋に押し込められて、話を聞かれました。朝の七時過ぎまで拘束されたことも何度もあります。ここまでするなら、きっと事件は明るみになると信じました。それなのに、隆弘と明美はまったく取り調べを受けないのです。

なぜ警察が動かないのか……。それには国家の深い闇が隠されているのです。警察と暴力団が結び付き、暴力団の資金源は覚醒剤であることから、警察や捜査機関との裏取引で、この犯罪を明らかにできないのだ。私はそう確信を持つことができました。

だから売春をしても、薬物をやっても、明美は捕まらない！

その現実に、私の心は押しつぶされそうになりました。

あるとき隆弘が「暴力団をなくせばいい。そうすれば覚醒剤もなくなる」とつぶやいていました。思わず出た、本音でしょう。

結局、刑事告訴はうやむやになり、明美親子も隆弘も逮捕されることはありませんでした。私は別の手段はないかと探り、民事訴訟へと手段を切り替えました。

これまで何十年間にもわたって、私の数千万円にも及ぶ資産が、隆弘の手によって奪われてきました。それを裏で操っていたのが明美です。二人の関係、二人のたくらみを世に明らかにして、明美を相手取った損害賠償請求事件として訴え、法によって裁いてほしいと、私は決意しました。

私の周りの人たちは、刑事告訴をしても警察が動かないのに、民事裁判をしても勝てないのではないかと否定的でした。相談に乗ってもらった弁護士からも、難しい裁判になると言われました。

それでも私は負けたくなかった。

どうしてもこの事実を公にして、ここで何が起こっているのかを知ってもらいたかった。

たとえ裁判に負けたとしても、何も声を発しないよりは、こうして苦しんでいる人間がいることを訴えたかったのです。身をもって確認したかったのです。

こうして私は三年ほど前に明美を被告とする民事裁判を起こし、その裁判は現在も続いています。

加害者は放置され、被害者を拘束する現実

刑事告訴、民事訴訟と立て続けに起こしたことで、私自身、社会にはさまざまな敵がいることを思い知らされるようになりました。

正義を証明すれば、きっと社会は認めてくれる。そして私を助けてくれる。そう信じて行動を続けていましたが、八方ふさがりのような状況になっていました。刑事告訴した加害者である明美親子は放置され、被害者である私ばかりを拘束するのです。

ある日も昼頃になって警察に呼ばれました。小さな部屋に案内され、そこで四時間くらいずっと閉じこめられたのです。

空調が悪く、息苦しくなって、私が暑い暑いと言うと、「では、二階の部屋に移りましょう」と言われ、移動しました。以前、明美を刑事告訴したときに、女性弁護士と一緒に入った部屋で、冷房が効いていたので、私は少しだけほっとし

ました。

ところが、そこでもずっと私は部屋を出ることが許されず、拘束された状態でした。

疲れが出てうつらうつらしていると、突然、一人の警察官が入ってきました。以前、家に来たことのある警察官で、薬物に詳しいと聞いていました。

私の顔を見ると、いきなりぶっきらぼうに言います。

「スマホを見せて」

「見せる必要はありません」と、私はきっぱりと拒否しました。「これまでの証拠は刑事告訴したときと、その後も別の刑事さんに送ってあります」

「まだデータは残っているだろう」

その刑事はしつこく聞きます。きっと新しい証拠も入手していると思っているのでしょう。でもここで提出したらそのまま隠滅されるに違いないと思い、拒絶しました。

すると刑事はあきらめたのか、話題を変えて私に質問しました。

「あんた、裏社会とつながりがあるのか?」

「ないです」

「じゃあ、覚醒剤のことをなぜわかるんだ」

「夫が覚醒剤をやっているからです。テレビで芸能人や元スポーツ選手が覚醒剤に手を染めたニュースがありましたが、夫も同じ症状です」

「そんなのテレビで放送するか!」

その刑事はバカにしたように言いましたが、ある有名人がマスコミに取り囲まれてインタビューを受けているときに、汗をびっしょりかいていたり、ハイテンションにいろいろなことをしゃべっている姿は、覚醒剤をやっているときの隆弘の姿とそっくりでした。そんな姿の隆弘を私が糾弾すると、「酒に酔っているだけだ」といつも言い訳していましたが……。

その日はようやく夜になって解放されましたが、きっと私から何かを引き出そうとしたのでしょう。警察は怖いところだと思いました。

警察から拉致監禁されるとは！

　そんな私をさらに追い詰める事態が発生します。

　ある夏の日の出来事です。隆弘は朝の十時頃にコンビニのビニール袋を持って家に帰ってきました。

「忙しい、忙しい。今日はやることがいっぱいあるんだ」

　一人ぶつぶつ言いながら、部屋の中を歩き回ります。その様子は正常な人間とは思えないものでしたが、構うのも面倒くさく、そのまま放っておくと、いつのまにかまた外へ出ていってしまいました。

　夜の九時過ぎに帰ってくると、なぜか急に怒り出し、暴力が始まりました。人間とは思えないような怒りを目にたぎらせて「殺してやる」と怒鳴り、殴る蹴るで容赦がありません。どすりどすり私の体に食い込む隆弘の手足を、私は歯をくいしばって耐えました。三十分くらい続いた暴力は、私がなにも抵抗しないので面白くなくなったのか、ようやく手を止めてプイと隣の部屋へと行ってしまいました。

私は翌日、病院に行って診断書を書いてもらい、その足で警察に行きました。暴力を受けたら病院で診断書を書いてもらい、警察に届けるようにと、弁護士からアドバイスをもらっていたからです。

警察に行って、「夫から暴力を受けたので診断書を出したい」と言うと、一人の刑事が出てきました。

「今、旦那さんはどこにいるの？」

刑事に尋ねられたので、私は自分のスマホを見せました。夫の位置情報がわかるように、こっそり夫のスマホにGPSアプリを入れていたのです。

「あ、ほんとだ！　これよくわかるね。便利じゃない」

こういうものがあることを知らなかったようで、その刑事は驚いて私のスマホを眺めていました。私ももっと早く知っていればお金をかけて探偵調査などやらなくてすんだのにと、知ったときには後悔したことを思い出しました。

「旦那さん呼んで、今日逮捕するけど、麻薬の検査もやるよ」

刑事が言いました。

昨日、隆弘は明美と密会していることは確かです。検査をすれば薬物が出て、必ずクロになると確信しました。

夕方、その刑事と婦警と私の三人でいると、麻薬捜査官らしき男性が来て、隆弘の名前を刑事に確認していました。私はやっと隆弘が警察に捕まると思い、胸をなでおろしました。

ところがその刑事が誰かに呼ばれて部屋を出ていくと、そのまま戻ってきませんでした。いつの間にか婦警もいなくなって、他の男性刑事が部屋を行ったり来たりしながら、私を見張っているようでした。

夜も遅くなり、私はずっと椅子に座っていたので体の節々が痛くなって、「もう帰らせてください」と言いました。すると慌てたように「もうちょっと待って」と言って、私を必死に止めました。

しばらくしてようやく刑事に「もう帰っていいよ」と言われ、部屋から出ることができました。

警察署の出入り口に行くと、目の前にワゴン車が停まっていてドアが開いていました。

何だろう？　誰かを移送するのかしら？

そう思っていると、先ほどまで私と部屋で雑談をしていた警察官が突然豹変し、私の両腕を掴んでワゴン車に押し込めようとしました。

「何をするのですか！　私は被害者ですよ！　ＤＶ夫を連れていくのが本当でしょう」

私は叫んで、掴みかかる手を振り払おうとしました。

「公務執行妨害だ！」

警察官の一人が叫び、私を無理やり車の中に押し込めました。これはまるで計画的な拉致監禁です。

私はそのまま警察の指定病院に連れていかれ、入院させられてしまいました。見慣れた顔がいると思ったら、それは生活安全課の係長でした。それともう一人、私を拉致監禁するための担当医のようでした。子どもに嘘の診断書を書いて不信感をいだかせないように根回しをしているようです。そこは病院という名の刑務所でした。

担当者に促されて細い廊下を行くと。独房が四つありました。私は手前から三つ目のＫ１という部屋に入れられました。畳一畳ほどの広さしかなく、洋式のトイレが脇にありました。私が部屋に入ると、鍵がガチャリ！と締められる大きな音がしました。

「あの病院に入れられたら、死体で出てくる」

翌朝、医師が注射を打ちに来ました。

「ここは刑務所ですか」と私が訪ねると、「そのとおり」と医師が返事をしました。そして「戦ってはいかん、逃げなきゃいかん」と、私の耳元でそっと言ったのです。

私を精神の病にして、この部屋に閉じ込め、薬漬けにして、死に至らしめようとしているのではないか。恐怖が押し寄せ、とにかく生きていようと必死でした。

まわりを見ると、そこは薬物に冒された人たちの収容所のようでした。ヤクザのような人たちだけでなく、覚醒剤を知ってしまった主婦や、若い男たちなどが二十人くらいいて、薬が切れて痙攣している人もいました、

独房は、本当に苦しく、辛い日々でした。ようやく七日目、以前患った食道がんの検査が数日後に迫っていたことを思い出し、病院に連絡を入れてもらいました。

拉致監禁された病院の実態を知っている看護師さんがいたことが幸いでした。その口添えもあって、主治医が直接私と話したいと訴えてくれたのです。私が精神科の病院に入院する必要がないことを、その先生がいちばんわかっていたからです。

そして私の声から、緊急事態であることを察してくれたようでした。そして何とか理由をつけて拒む方の医師を説き伏せて、外泊の許可を取ってくれました。

他の病院の医師が介入したことで、警察の指定病院側も躊躇するものがあったのでしょう。ようやく十日目に、仮退院という形で、「一日で帰って来い」と言って私を解放してくれました。もちろんその病院に私が戻ることはありませんでした。

のちに、警察の手によって私がこの病院に強制的に入院させられたと聞いた友人たちは、

「あの病院に入れられたら、死体で出てくると言われている」

「薬漬けにされて、廃人のようになってしまうこともあるらしい」

と口々に言って、私が無事にこの病院から脱することができたことを「奇跡だ！」と言って心から喜んでくれました。私が入れられたのは、薬物で闇に葬る、恐怖の裏の刑務所だったそうです。

警察が私を抹殺しようとしていたことは確かです。しかしこのときは、私の底知れぬ運の強さが、命をつなげてくれたのでしょう。

しかし、自宅に戻ったときには地獄でした。

私が病院に監禁されている間に、明美たちが不法侵入し、私が大切にしていたCDを一千枚以上、テープを五百本以上も持ち去っていたのです。さらに羽根布団から台所用品まで、少しでもお金になりそうなものはすべて持ち出されていました。その金品の総額は二千万円にもなるでしょうか。

また、ソファやクッションなど、残っていたものにはナイフのようなものでズタズタに切り裂かれた跡がありました。花瓶や写真立てなどは欠けたりヒビが入ったりしています。

なぜそんなことまでする必要があるのでしょうか。まさしく悪魔の仕業としか思えません。

それなのに隆弘は、部屋のリビングで一人くつろいでいました。まるで何事もなかったように……。

私の戦いは、また振り出しに戻ったのでしょうか。

先の見えない戦いがまだ続くのでしょうか。

正義は私を救ってくれるのでしょうか。

その答えは、まだ見えません。

エピローグ――女の終着駅

ある日、外出先から帰宅途中に駅の地下道を歩いているときのこと、知り合いの女性がポスターになっているのを偶然見かけました。私が東京で歌手をめざしていた頃に同じ音楽プロダクションで出会った先輩です。

彼女は演歌歌手としてデビューしましたが、その後も中堅どころの歌手として現役で頑張ってきたようです。

そのポスターには、彼女が私の地元のホールでコンサートを開くことが告知されていました。私は居ても立ってもいられず、一週間後のコンサートに足を運び、実に四十年ぶりの再会を果たしたのです。

再会後も交流を深めていく中で、彼女が刑務所での慰問活動を行っていることを知りました。

「慰問コンサートかぁ。すばらしいわね」

興味を持った私に、彼女は言いました。

「あなたもやってみない？」

それから話がとんとん拍子に進み、私も府中刑務所で彼女と一緒に歌謡ショーに参加することになりました。平成の中頃のことです。

高い塀に囲まれた内側の、ツタの絡まる古ぼけたコンクリートの建物が、その日の私たちのコンサート会場です。中に入るとたくさんの折りたたみ椅子が並び、ステージの後ろには『歓迎　歌謡コンサート』という横断幕が掲げられていました。

その当時、日本で最も収容人数が多いと言われる府中刑務所には定員を超える約三千人の受刑者が入所していたそうです。講堂の定員は約千人だそうですが、みんな歌謡コンサートを楽しみにしていて、午前・午後の二回のステージに、それぞれ千五百人近い受刑者たちがひしめき合っていました。

受刑者を前に歌うのは初めてでしたから、不安もありました。しかし一曲歌い終わるごとに拍手が沸き立ち、すべての歌が終わると、会場の拍手は鳴りやみませんでした。これまでのどんなステージよりも熱い拍手でした。

私の視線で捉えられた前から中くらいの席までの人たちが、私の歌を聞いて涙を流しているのが見えました、男の人があんなに涙を流すなんて……。熱い拍手と重なり、私も胸が熱くなり、自然と涙があふれました。

私はこのとき、歌の持つ力というものを改めて知ることができました。

歌がもたらす力とは、人に感動と勇気を与える力。そしてもう一つ、自分も生きていこうと思わせる力です。

どんなに苦しいことがあっても、耐えられないほどのつらさがあっても、私には歌があったから生きていくことができたのだと実感することができました。


肝硬変で生死の境をさまよった翌年、私の喉に食道がんが見つかりました。私の大切な喉を脅かす重大な病に大きなショックを受けましたが、そのときは外科的手術を選択せず、放射線治療と抗がん剤治療を選択しました。

ところが翌年に再発がわかり、今回は外科的な手術もやむを得ないかと半分覚悟を決めました。ところが北海道や千葉県にまで足を運び、食道がんの専門医に診察していただいたところ、私は血が止まりにくい体質であることもわかり、リスクの高い外科手術は避けたほうが良いと言われました。

先進医療に光線力学的療法というものがあると勧められましたが、話を聞くうちにそんな危ないことはやりたくない、実験台にはなりたくないと考えて、断りました。

「なるようになれ！」という思いで、積極的な治療を行わないことを決断しましたが、その結果、今も私は生き延びています。これは私の選択が正しかったということでしょう。

自分の意思を通すことで、私はこれまで何度も危機を乗り越えることができました。

治療のため、私の喉は以前のような状態ではなく、自慢の高音も、伸びやかなロングトーンもかすれ、以前と同じように歌うことはできません。それでもかつて以上に魂のこもった歌が歌えるのは、それだけの人生を生き抜いてきたからだと思うのです。

カタコト、カタコト。各駅停車のような私の人生旅。その終着駅はもうすぐかもしれません。それでも私の人生にはずっと歌があった。だから生きられた。どんな裏切りにも、どんな仕打ちにも負けない強さ、それを歌に教えられたから……。

私は歌に支えられて、明日も生きていきます。
それが私の選んだ道。

女一人が歩いた道は
涙が頬を伝ってる
つくり笑顔に心を隠し
歩き疲れた女がひとり……
夜に生まれたわたしの命

ネオンに心の灯りをともし
過去を忘れた流れ花
明日を信じて生きていく

※本書はフィクションです。登場人物などは一部を除いて仮名としました。

著者プロフィール

牧 ユリ（まき ゆり）

1946年、福島県生まれ。関西地方で育つ。地元のクラブのステージで歌っているとき、客として来ていた有名作曲家からスカウトされる。東京に出て恵まれた環境でレッスンを続けていたが、操り人形のように扱われながら、自分を殺してまで歌手になりたいとは思わず、デビュー目前に事務所をやめる。その後、地元に戻り、フリーの歌手として活動。その作曲家と20年ぶりに再会。「君の歌を残したい」と言われ、自分にだけわかるように作ってくれた曲を某歌手が歌う。

哀愁の歌姫

2023年10月15日　初版第１刷発行

著　者　牧 ユリ
発行者　瓜谷 綱延
発行所　株式会社文芸社
〒160-0022　東京都新宿区新宿１－10－１
電話　03-5369-3060（代表）
03-5369-2299（販売）

印刷所　神谷印刷株式会社

ISBN978-4-286-27084-5